당신을 위해 지은 집

당신을 위해 지은 집

지은이 함성호

1판 1쇄 인쇄 2011년 10월 10일 | 1판 1쇄 발행 2011년 10월 20일 | 발행인 신혜경

발행처 마음의숲 | 등록 2006년 8월 1일(105-91-03955)

주소 서울시 마포구 서교동 396-47 2층

전화 (02) 322-3164~5 팩스 (02) 322-3166 | 마음의숲 카페 cafe.naver.com/lmindbookl

기획 권대웅 | 편집 권해진 구현진 | 마케팅 노근수 | 디자인 오은영

ISBN 978-89-92783-52-1 03810

당신을 위해 지은 집

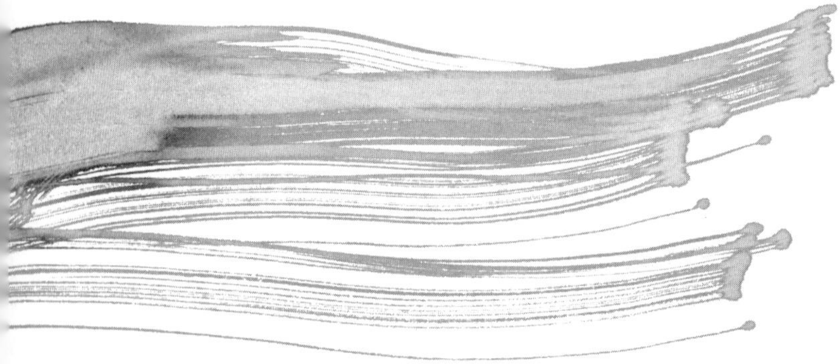

집을 말안장에 싣고 다니는 유목민들에게 있어 집은 과연 무엇일까?

그들의 말안장에 묶여 있는 집은 그냥 짐일 뿐이다.

유목민의 진정한 집은 저 광활한 초원이다.

그래서 방랑하는 유목민들은 돌아오지 않는다.

계속 앞으로 나아간다.

왜냐하면 그들에게 집은 돌아가야 할 곳이 아니라

나아가야 할 곳이기 때문이다.

당신만이 그 집을 아름답게 할 수 있다

사랑은 당신에 대한 나의 기대고, 집은 당신을 위한 나의 일이다. 사랑한다는 행위는 그래서 일이다. 당신을 위해 아침을 준비하는 일이고, 당신을 위해 차를 우리는 일이며, 당신을 위해 여행을 준비하는 일이다. 일 없는 사랑은 사람이 살지 않는 집과 같다. 사람이 살지 않는 집은 슬픈 풍경이다. 산골에 홀로 버려진 채 조용히 낡아가고 있는 집들은 얼마나 쓸쓸한 풍경인가. 빈 집을 우리가 어떻게 위로할 수 있을 것인가? 그와 같이, 떠나간 사랑을 그리워하는 사람의 얼굴도 우리를 애잔하게 한다. 사랑이 항상 누구와의 일이라면 집도 그렇다.

어느 날 초로의 신사 한 분이 찾아왔다.
"딸을 위한 집을 지으려고 합니다."
나는 그 딸이 부러웠다. 그러고는 혼자 멋대로 그 딸에 대해 상상했다. 조금은 제멋대로일지도 몰라, 조금은 철없는 천둥벌거숭이일 거야, 아버지가 저렇게 자상하니 버릇이 없는 사람일지도 모르지. 그러나 부모의 사랑을 듬뿍 받고 자란 자식은, 어떤 나쁜 상황에서도 자신이 받은 사랑의 힘으로 자신과 자신의 사랑을 지킨다. 내가 만난 그 딸은 공부를 많이 한 것도 아니었고, 얼굴이 예쁜 것도 아니었고, 세련되지도 않았지만, 아버지에게도, 다른 사람에게도, 존재 자체가 기쁨인 그런 사람이었다. 무엇보다 그런 딸을 위해 집을 짓는 그 아버지가 나는 아름다웠다. 사랑하는 사람은 늘 그 사랑을 위해 일을 하고 있는 사람이다. 사랑하고 있으니까 사랑해야 한다는 말이 있을 수 없듯이, 집을 위한 집은 있을 수 없다. 집에는 항상 당신이 있어야 하고, 집은 항상 당신을 위해 지어진다. 좋은 집은 꼭 당신을 위해 지어진 것이다.

그래서 항상 좋은 집이 지어졌느냐, 하면, 그건 아니다. 그렇게 말할 수는 없다. 집은 그저 집일 뿐이다. 아름다운 집은 집의 모양이 예쁘다거나, 아주 독특한 생각이 담겼다거나, 좋은 재료를 썼다거나, 튼튼하게 지어졌다거나 하는 걸로 결정되지 않는다. 비록 싸구려 재료로 허름하게 지어진 집이라도, 초라하고 작은 집이라도, 그저 그런 생각으로 지어진 집이라도, 거기에 사는 사람들의 예쁜 마음들이 있다면 그 집은 아름답다. 사랑도 그와 같다. 우리가 사랑의 집에서 아무 일도 하지 않는 게으름뱅이라면 그 집은 지옥으로 변한다.

"당신은 이제 나를 사랑하지 않는구나?"

피폐해질 대로 피폐해져서 우리는 상대방에게 이렇게 묻는다. 그러나 그때에도 우리는 서로 사랑할 수 있다. 우리가 아직도 너를 위해서가 아니라 우리를 위해서 희생할 수만 있다면 아직 우리는 사랑하고 있는 것이다. 사랑은 너를 위한 나의 희생이 되어서는 안 된다. 사랑은 우리를 위한 희생이다. 그 희생이야말로 사랑의 일이다. 사랑은 언제나 일함으로써 완성된다. 집을 완성하는 마지막 손길은 언제나 거기에서 사는 사람의 것이다. 어떤 뛰어난 건축가도 집을 아름답게 하지 못하며, 어떤 솜씨 좋은 목수도 집을 아름답게 하지 못한다. 오직 그 집에서 사는 당신만이 집을 아름답게 할 수 있다. 그래서 당신을 위한 집은 아름다울 수밖에 없다. 당신에 대한 마음이 집을, 나를, 우리를 아름답게 한다. 당신에 대한 나의 마음이 우리의 마음이 되기 때문이다.
나는 그런 능력이 없지만, 간혹 우리 주변에는 무리 중에서도 서로 사랑하고 있는 사람들의 눈빛을 정확하게 연결하는 사람이 있다. 아내가 그런 사람이다.
"재네들 분명, 서로 좋아하는 사이일 거야."
"그걸 어떻게 알아?"
"바보. 여기 모여 있는 사람은 모두 친한 사람들이고, 그걸 드러내는 데 주저하지 않아. 그런데 재 둘은 드러난 말보다 서로 깊은 눈빛으로 그걸 나누고 있잖아. 서로 좋아하는 사람은 뒷모습까지도 닮아."

나는 영원히 모를 수도 있는 특별한 능력이라고 생각했지만, 나는 그런 아내를 위해 집을 지었다. 옥탑에서 정발산으로 지는 석양을 감상할 수 있는 집이었다. 많은 빛이 들어오게 지은 만큼 많은 빛을 졌고, 집은 춥고, 비도 샜지만, 아내는 그 옥탑을 좋아했다. 아내가 옥탑에서 본 자연의 풍경에 대해 이야기할 때마다, 사실은 나도 옆에서 같이 본 풍경이지만 그 사람이 좋아하기 때문에 늘 들어도 좋았다.
집을 설계하는 나에게 있어서 가장 행복한 일은 집주인이 행복해할 때이다. 집 때문이 아니라 그 집에서, 사람과 사람 사이가, 자연과 사람 사이가 물 흐르듯 할 때, 나는 행복해진다. 그것은, 나는 잘 모르지만 사랑하는 사람들 간에 보이지 않게 연결된 어떤 끈 같은 것인지도 모른다. 뒷모습까지 깊이 닮아가는.
나는 이 책에서 그런 보이지 않는 끈에 대해서 이야기하고 싶었다. 그 끈이야말로 관계의 끈이라고 믿고 있기 때문이다. 어린 왕자와 장미의 끈, 나와 우리의 끈, 나와 돌멩이의 끈, 별과 나의 끈. 그리고 이 끈이 이끈 인연으로 이 책이 세상에 이끌려 나왔음은 당연하다. 이 글들을 불러주었고, 오랜 시간 꼼꼼히 원고를 검토해 준 마음의숲 직원들에게, 권대웅 시인에게 감사한다.

신묘년 정발산 素昭齋에서

함성호

| 차례 |

사랑하는 사람을 위한 집

책머리에 · 6

01 | 사랑하는 사람을 위한 집

이상한 의뢰인 · 18

사랑하는 여인에게 바치는
인류 최대의 연시, 타지마할 · 22

문득 쓴 편지 · 28

신의 방정식 · 36

강이네 집 · 40

네티, 네티 · 44

상상한다, 그러므로 나는 존재한다 · 48

장엄하는 장대비 · 54

인간의 둥지 위에 내린 눈 · 58

자연에 대한 인간의 승리는 상처뿐 · 64

02 | 시와 바람과 구름이 사는 집

기러기를 보면 떠나고 싶다 · 74

과연 안국동은 어디인가? · 78

부자들은 높은 언덕으로 간다 · 82

꽃잎 배접무늬 창호지 · 88

율도국 프로젝트 · 92

어떤 도시에 살 것인가 · 100

무한의 깊이 · 108

어떤 집에서 살고 싶으세요? · 116

도시의 아름다움과 자연스러움 · 120

서울이 아름다운 이유 · 126

가을의 신화, 생의 신비 · 132

시와
바람과
구름이
사는

집

시로 지은 집, 그림으로 그린 집

03 | 시로 지은 집, 그림으로 그린 집

우리가 가보지 않은 길은 없다 · 142

내가 본 내 얼굴 · 146

시는 불온해야 한다 · 150

2B 연필 · 154

하늘 섬의 주민들 · 164

느티나무 아래에서의 축복 · 172

非웃음, 悲웃음, 卑웃음 · 176

습관과 원칙 · 180

사랑을 통해 발견하는 나의 죽음 · 184

사랑해 · 194

04 | 과거와 현재와 미래가 사는 집

예술가라는 직업 · 206

장식 마니아, 간판 마니아 · 214

삶이라는 예술 · 224

건축가의 꿈 · 232

헤매며 찾아가는 길 · 238

모든 여행은 순례다 · 242

국경, 거듭되는 전생의 만남 · 246

행복, 웰빙, 만족에의 욕망 · 256

과거와
현재와
미래가
사는

집

사랑하는 사람을 위한 집

01 | 사랑하는 사람을 위한 집

사랑하는
사람을
위한

집

집을 짓는다는 것은 엄청난 삶의 비용을 지불할 각오가 되어 있다는 것이다. 참으로 다행하게도, 그래서 그런지 그 많은 삶의 비용을 온전히 자기 혼자를 위해서 쓰는 사람은 없다. 예술을 위한 예술은 있을 수 있어도 집을 위한 집은 있을 수 없다. 집을 짓는 사람들은 항상 누구를 위해서 집을 짓는다. 그리고 가장 좋은 디자인은 항상 누군가를 위해서일 때 나온다. 부모님을 위해서, 아이들을 위해서, 당신을 위해서.

이상한 의뢰인

어느 해 봄, 내 사무실로 이상한 의뢰인이 찾아왔다. 시인이고 어린이 도서관을 운영하는 사설 도서관 관장이라며 자신을 소개한 의뢰인은 내 앞에 백지 한 장을 들이밀었다. 아무것도 적은 것이 없는, 단지 스프링노트를 찢은 다짜고짜 종이였다. 그 종이에서 아무것도 찾을 수 없었던 나는 고개를 들어 의뢰인을 쳐다보았다. 분명 의아한 눈빛이었을 것이다. 그런 내 눈빛을 마주보며 의뢰인이 입을 열었다. 집을 지어 달라고 했다. 거기까지는 좋았다. 그러나 뭔가 많이 부족했다.

땅은? 없었다. 시공비는? 없었다. 그럼 설계비는? 없었다.

무슨 일이란 말인가? 그럼 계획은 있어야 하는 것 아닌가? 그러나 그것도 없었다.

적지 않은 의뢰인을 만났지만 이런 황당한 경우는 처음이었다.

"어쩌란 말입니까?"

"땅 사는 것부터 설계, 시공, 건물임대까지 모두 다 해 주세요."

"자금은 갖고 있나요?"

"그것도 해 주세요."

세상에 이런 막무가내가 어디 있단 말인가?

"부인, 저를 놀리시는 거지요?"

"아니요."

의뢰인은 단호했다. 만약 내가 해 주지 않으면 더 강경한 수단을 써서 해결하겠다는 투였다. 나는 의자 등받이로 몸을 눕혔다. 그건 불가능하다는 내 나름대로의 완곡한 표현이었다. 의뢰인은 다시 다짜고짜 종이인 그 백지를 내 앞쪽으로 밀었다.

"이제 내가 말씀드린 것들의 세부 계획을 적어 보세요."

"저는 돈이 없습니다."

"대출을 받으세요."

대출? 내가 왜? 내가 왜 이 사람의 집을 짓기 위해 대출을 받아야 하지? 어떤 수를 써도 할 수 없는 일이었다. 그런데 어쩌자고 이 사람은 나에게 이런 무리한, 무례한 주문을 하고 있는 것인가? 그런데 나는 이 이상한 의뢰인의 무례를 고스란히 받아들일 수밖에 없었다. 그 의뢰인은 내 아내였다.

"부인, 건축주가 이렇게 돈이 없어서는 곤란합니다. 할 수 있는 일이 없어요. 비싼 재료를 들여서 짓는 집이 꼭 좋은 집은 아니지만, 기본적인 비용 정도는 해결할 능력이 있어야지요."

의뢰인은 드디어 처음으로 수긍하는 표정을 짓더니 그럼 이렇게 하자는 식의 해결책을 가진 사람처럼 단호하게 말했다.

"알았어요. 제 남편한테 말해 볼게요."

그래서 나는 이 말도 안 되는 의뢰를 맡아야만 했다. 다짜고짜 종이인 그 백지는 확실히 내 몫이 되어버렸고, 무리하고 무례한 주문은 다 내가 떠맡게 되었다. 그래서 나는 의뢰인이 집을 짓겠다고 결심한 배경을 차근차근 알아보았다. 가장 큰 문제는 어린이 전문 도서관 '웃는 책'의 임대비였다. 웃는 책은 아래위층 합쳐서 40평 남짓한 공간을 쓰고 있는데, 도서관은 무료로 사람들이 책을 보거나 빌려갈 수 있도록 했고, 작은 강좌를 통해서만 수입을 얻었다. 그래서 전체 비용이 수익을 훨씬 넘어서고 있었다. 한마디로 만성 적자였다. 거기다 집주인으로부터 임대비를 올릴 것이라는 통보를 받은 상태였다. 그러니까 그 임대료를 은행이자로 내고 대출을 받아 집을 짓자는 게 의뢰인 남편의 생각이었다. 제대로 된 생각일 리가 없었다. 돈은 뭐, 이자만 내면 그냥 빌려 주나? 그에 상응하는 담보가 있어야 하는데, 가난한 부부에게 그 담보가 하늘에서 뚝 떨어질 리는 만무했다. 화근은 월세를 올린다는 집주인의 말에 의뢰인 남편이 무심코 던진 한마디였다.

"차라리 그 돈으로 은행이자를 내고 집을 짓겠다."

의뢰인은 그 말을 참으로 신통방통한 말이라 여기고 나를 찾아온 것이었다. 다짜고짜 종이인 백지계획서 한 장을 들고서. 그러나 어찌하랴 나는 의뢰인의 남편이자 건축가였다. 그래서 이 이상한 의뢰인을 위한 집이 지어졌다. 물론 나도 거기서 잠도 자고, 밥도 먹고, 일도 한다. 의뢰인의 눈치를 보면서.

자기 집을 짓는 사람들은 대개 부자일 거라고 생각하기 쉽다. 그러나 적어도 내 경험에 비추어 볼 때 돈을 쌓아 두고 집을 짓는 사람들은 없다. 진짜 부자들은 집을 짓는 돈으로 다른 똑똑한 곳에 투자한다. 커다란 임대 빌딩을 짓지 않는 이상, 자기가 살 집에서는 돈 될 만한 것들이 잘 안 나온다. 그러니까 집을 짓는다는 것은 엄청난 삶의 비용을 지불할 각오가 되어 있다는 것이다. 참으로 다행하게도, 그래서 그런지 그 많은 삶의 비용을 온전히 자기 혼자를 위해서 쓰는 사람은 없다. 예술을 위한 예술은 있을 수 있어도 집을 위한 집은 있을 수 없다. 집을 짓는 사람들은 항상 누구를 위해서 집을 짓는다. 그리고 가장 좋은 디자인은 항상 누군가를 위해서일 때 나온다. 부모님을 위해서, 아이들을 위해서, 당신을 위해서.

사랑하는 여인에게 바치는 인류 최대의 연시, 타지마할

샤 자한이라는 인도 무굴제국의 왕이 있었다. 그에게는 뭄타즈 마할이라는 사랑하는 왕비가 있었다. 뭄타즈 마할이 첫 번째 부인이었는지 두 번째, 아니면 세 번째였는지는 정확히 모르겠지만 샤 자한이 가장 사랑했던 왕비인 것만큼은 틀림이 없었을 것 같다.

하긴 그녀가 몇 번째 왕비인지 아는 것이 무에 그리 중요한 일이겠는가? 중요한 것은 샤 자한과 뭄타즈 마할이 서로 사랑했다는 것이다. 그러나 샤 자한이 뭄타즈 마할을 사랑했다는 것은 틀림없지만 뭄타즈 마할이 샤 자한을 사랑했는지는 확신할 수가 없을 것 같다. 그러니까 내가 앞에서 말한 '서로' 사랑했다는 진술은 오류일 수 있다. 그러면 그가 그녀를 사랑했다는 진술도 의심받아야 한다. 어떤 정치적인 목적에 의해서 그는 그녀에 대한 사랑을 과장했을 수도 있다.

역사는 이런 근본적인 사실에 대한 의문에서 시작하고 사실을 재구성한다. 역사도 결국 하나의 허구이다. 같은 허구의 양식이지만 문학은 사실이 아니라 진실에서 출발한다. 그러나 문학이 추구하는 진실은 사실과 무관하다. 그리고 문학이 진실을 탐구하는 기재는 언어일 수밖에 없다. '그들은 서로 사랑했다'와 '그가 그녀를 사랑했다'는 문장 사이에서 이루어지는 방대한 드라마가 문학의 허구를 구축해낸다. 그리고 대중은 그 허구가 전달하는 의미의 파장에 영향을 받는다.

그래서 어느 날 아름다운 뭄타즈 마할은 죽음을 눈앞에 두고 왕에게 유언을 한다.

"나를 위해 세상에서 가장 아름다운 무덤을 만들어 주세요."

샤 자한은 그 순간에 그녀의 빛처럼 아름다운 광채를 표현할 수 있는 재료는 백색 대리석밖에 없다고 확신한다. 마지막 유언을 남기고 그녀가 숨을 거두는 그 순간, 빛나는 백색 대리석과 사랑하는 여인의 죽음이 소멸과 부활의 접점이 되어 교차한다.

무굴제국의 가장 영민한 왕 중의 하나였던 샤 자한은 여인의 죽음에 그만 이성을 잃고 국고를 탕진해가며 뭄타즈 마할의 묘를 건축하기 시작한다. 중국에서 벽돌 쌓는 기술자를 초빙했고, 세계

각국의 뛰어난 기술자들을 불러 모았다. 타지마할은 인도인의 기술로 이루어진 인도인의 건축이 아니라 당대 전 세계의 기술이 모여 만든 인도인의 건축이다.

바로 거기에서 타지마할의 세계성이 획득된다. 만약 그것이 인도인의 기술로만 지어졌다면 아마도 타지마할의 위대성은 크게 반감되었을 것이다. 그러니 너무 '우리 기술'만 내세울 것이 아니다. 진정 우리가 주장해야 할 것은 작품의 질을 따지는 보다 객관화된 시선일 것이다. 어쨌든, 백색 대리석과 물의 조경을 갖춘 주변 부지까지 타지마할의 무덤은 가히 '보기에 좋은' 풍경을 연출해내고 있었다. 처음 무덤의 건축을 반대하던 무리들까지 이 놀라운 위업 앞에서 감히 어제의 반대를 입 밖에 내지 못 할 정도였다. 모두들 만족했다.

샤 자한의 장남 다라시코조차도 아버지의 이 놀라운 건축 앞에 존경의 시선을 보냈다. 그러나 문제는 그 다음에 벌어졌다. 다시 이런 아름다움이 만들어지지 않길 바랐던 샤 자한은 공사에 동원되었던 장인들의 손목을 모두 자르라고 명령했다. 아마도 아무나 강변에서 손목이 잘렸을 것으로 추정되는 장인들의 고통이 채 끝나기도 전에, 왕은 이제 자신의 무덤을 건축하고 싶어 했다. 이번에는 검은 대리석으로 타지마할 옆을 흐르는 아무나 강 건너편에 자신의 무덤을 계획했다. 그러고는 다리로 죽은 왕비의 무덤과 연결하는 방법을 구상했다. 그 다리는 영혼들의 사랑을 위한 다리였고, 소리 없는 대화를 위한 무형의 다리였다. 아그라의 햇빛 속에서 아무나 강을 사이에 두고 빛나는 검은 대리석과 백색 대리석의 대화. 그 영겁의 대화는 사랑하는 여인에게 받치는 인류 이래로의 최대의 연시였던 것이다.

그러나 왕의 장남, 다라시코는 기겁을 했다. 이러다가는 자신이 왕위에 오르기도 전에 국고가 바닥나 버릴 것이 틀림없었다. 그러나 정작 아버지를 폐위시켜 타지마할과 아무나 강이 내려다보이는 붉은 성에 유폐한 사람은 형을 죽이고 왕위에 오른 동생 아우랑제브였다. 아마도 샤 자한은 붉은 성에서 검은 대리석의 무덤이 지어졌어야 했을 타지마할 건너편의 풀숲을 바라보며, 상상의 건축을 했을 것이다. 나는 아그라의 붉은 성에서 타지마할의 빛을 바라보다가 문득 샤 자한의 무덤을 검은 대리석으로 지어 주고 싶어졌다. 그 오랜 시간을 지나서…….

사랑과 정치, 죽음과 이별, 시간을 뛰어넘어 존재하는 인간의 드라마. 그것이 건축의 언어이다. 그러나 아무나 강이 없었다면 타지마할도 없었을 것이고 샤 자한의 무덤도 없었을 것이다. 아름다움을 추구하는 한 인간의 광기를 만든 것은 바로 자연이다. 모든 아름다움은 개별적으로 유일하다. 건축은 더욱 그렇다. 타지마할이 아름다운 이유는 장인들의 뛰어난 솜씨에도 있지만 무엇보다도 아무나 강의 풍경 속에 타지마할이 놓여 있기 때문이다.

가장 아름다운 건축물은 그래서 항상 장소와 같이 한다. 타지마할을 황하에 옮겨 놓는 것은 무의미하다. 타지마할은 아무나 강변에 있어야 한다. 건축에는 이러한 필연성이 존재한다. 어디에 지어 놓아도 괜찮은 건축, 20세기의 모더니즘 건축은 그것을 지향했다. 그리고 실패했다. 유일한 아름다움은 유일한 장소에 있다. 이것이 건축의 문법이다.

문득 쓴 편지

북한산에 갔었습니다. 천성이 게을러서 산에 오르는 것을 좋아하지는 않지만요, 꽃이 필 때쯤이면 늘 산을 생각하고 그곳에 피어 있을 꽃들을 생각합니다. 산을 생각하며 뒹굴뒹굴 굴러서 온 방을 쓸고 다닐 때면, 봄볕도 그렇게 나른하게 제 몸을 던져 방바닥을 쓸고 다니곤 합니다. 봄볕과 나의 장난질은 수시로 벌어지곤 하는데, 고요한 장난질을 먼저 걸어오는 건 언제나 봄볕 쪽입니다.

제가 먼저 불러 드렸지요? 몇 해 전, 먼 지방을 여행하다 모국어가 그리울 때면 불렀다던 노래를요.

"송알송알 싸리잎에 은구슬/ 조롱조롱 거미줄에 옥구슬/ 대롱대롱 풀잎마다 총총/ 방긋 웃는 꽃잎마다 송송송"

그리고 이제는 이 노래를 생각할 때마다 그 먼 지방의 색色들이 나를 깨웁니다. 노래가 생각났던 공간이 이제는 노래로 하여 생각나게 됩니다.

꽃들도 그렇지요. 언제나 내가 생각하는 방식이라는 것이 그렇지만, 항상 사실보다는 상상에 대한 상상을 해 나가는 게 나의 일이지요. 그러나 무슨 바람이 불었는지 그때는, 그러니까 그렇게 봄볕과 무심한 장난질을 잊었다 치고, 잊었다 다시 시작할 때요. 그때 불쑥 그렇게 북한산에 혼자 올랐습니다. 산에 오르면 어느새 발길은 내 생각과는 상관없이 허적허적 제 나름대로 길을 잡아 나가게 마련입니다. 딴은 그런 길들은 모두 남들이 다 가는 길이고요, 마냥 남들을 따라가는 길이지요. 어디 허방질이라는 것이 있을 리 없습니다. 그러나 참, 몇 년 만에 오르는 산길은 무척 신비하여 모든 꽃들과 풀들이 오롯이 기화奇花와 요초妖草들이었습니다. 똑같이, 해 아래 없다고 여겨지는 '새로움'이란 것도 모든 헌것들을 보는 눈 속에는 다 있는 것 같습디다. 낸들 불러 본 지도 아득하고, 배운 지는 더 까마득한 그 노래가 생경한 고장에서 새삼스레 생각났던 건 죄 그런 이유 아니겠는지요. 나도 나의 길이 전혀 새로운 길이 될 거라고 생각하지 않습니다. 그러나 같은 이유로 나는 항상 설렙니다. 이 新奇신기한, 神技신의 기술, 神氣신의 기운을 당신은 진즉 알고 있었잖아요.

산에는 꽃이 핍니다. 그중에서도 나는 산수유에 제일로 많이 마음을 빼앗깁니다. 언젠가 원정에 갔을 때도 누군가의 집 마당에 가득 핀 산수유 꽃을 보며 세상을 등진다는 게 뭔지 대강은 알 것도 같았지요. 미당未堂은 그래서 아마 "문 열어라 꽃아, 문 열어라 꽃아"하고 그 귀화와 귀소의 심정을 노래했나 봅니다. 꽃의 식물성을 꽃의 동물성으로, 꽃의 육질로 전환시켜서 결국에는 더 깊은 귀소로 향하는, 그런, 그런 것 말입니다. 그렇다면 아마 퇴계退溪의 마음도 그랬지 않았을까 싶지요. 선생은 매화를 감상하기 위해 의자에다 직접 난방 장치까지 고안해서 완상했다 합니다. 나는 산수유 세 그루만 있으면 그 속에 따스한 봄볕과 함께 망명가고 말 겁니다. 그러니까 "물낯 바닥에 얼굴이나 비취는/ 헤엄도 모르는 아이와 같이" 말이지요. 그 물속으로요.

북한산에도 산수유가 많습니다. 산수유는 층층나무과에 속한다고 합디다. 나는 자작나무를 좋아하지만 층층나무도 원래 싫지는 않았습니다. 보통 나무들은 자신의 가지와 잎으로 굵은 줄기를 가리는데 층층나무는 각 층마다 말뚝을 둔 건물처럼 자신의 굵은 줄기가 가늘어지는 걸 다 보여줍니다. 말뚝이 건물을 허공으로 들어서 땅 위의 자유로움을 살피듯이 층층나무의 층층 사이에도 그런 살핌이 있습니다. 수직의 나무가 수평을 생각하며 자라는 것 같은. 그래서 층층나무 숲을 멀리서 보면 바람도 없는데 어딘가로 방향성을 가지고 몰려가는 것 같은 서러움이 있습니다. 왜 산수유나무가 층층나무과에 속하는지는 잘 알지 못하지만서도, 그래서 산수유 꽃을 보면 아찔해지나 봅니다. 어쩐지 노란색은 강한 몰입을 줍니다. 다시 돌아오게 되지 않는. 그렇지요, 예. 당신은 내가 어느 꽃밭을 거닐고 있는 줄 아시겠지만요, 나는 이미 먼 고장을 떠돌고 있는 중이랍니다.

그래요. 산에는 온갖 이름 모를 꽃들이 지천으로 피어서 황홀했는데요, 나는요, 따뜻한 초봄의 바람이 더 좋았습니다. 북한산은 참 좋은 산입니다. 아니요, 아니요. 나는 산을 잘 모릅니다. 산을 표현하는, 산 좋아하는 사람들은 잘생겼다, 못생겼다, 예쁘다, 지루하다 등 속으로 산을 말하지만 나는 그저 가까이 있는 산이니 좋습니다. 한심하게도 가까이 있는 사람들은 다 좋아하는 버릇이 산에도 그대로 적용되나 봅니다. 멀리 있는 빛. 산에는 그런 빛이 있나 봅니다. 어느 시인은 먼 산을 믿지 말자고 했지만 나에게 먼 산은 빛을 감추고 있는, 이를테면 길을 가리우고 있는, 밀교적 감흥을 줍니다. 그래서 구도자들은 산에 오르는 모양입니다. 멀리 있는 빛을 찾아서요.

구기터널 초입에서 길을 잡아 정릉 청수장 쪽으로 내려오는 길이었지요. 산에는 아침 일찍 오르는 걸 당연시하는 사람들이 대부분이지만 저 같은 놈은 그저 오후 두 시쯤이면 그래도 빠르고, 세 시 정도면 아주 여유 있게 산을 찾을 수 있는 정도랍니다. 그러면 제법 길어진 해를 믿고 아직 해가 다 기울어지지 않은 늦은 오후면 정릉 쪽으로 나오는 길에 접어들 수 있습니다. 그리고 그곳에 그즈음이면 언제나 우거진 벚꽃의 만발을 볼 수 있을 겝니다. 나도 그 만발한 벚꽃들을 보았지요(세상의 빛은 모두 꽃잎 한 장에서 나옵니다.).

그때 다 쓰러져 가는 허술한 술집 하나가 제 발길을 묶어 두었습니다. 분명, 어디에서 이미 한 번은 썼던 각재들을 이리 저리 엮어서 대충 판벽을 두르고, 그나마 막힌 벽은 두 곳 정도인, 다른 두 면은 꽃들을 향해 훤하게 밝아 있었습니다. 따뜻한 한철 장사하다 추운 겨울에는 판을 접어도, 찾는 손님들도 그렇고 주인도 하나 아쉬울 것 없는. 그래도요, 술상 하나는 제법 번듯해서 최소한의 목재로 아무 장식이나 철물 하나 없었습니다.

자리에 앉아서 한참을 있었는데도 찾는 손님 하나 없었고, 나도 아직 주인 얼굴도 못 본 채였습니다. 벚꽃이 통속적으로 눈처럼 지고 있었습니다. 통속적이면 어떻습니까? 정말 그런데요. 나는 그게 리얼리즘이라고 생각합니다. 혹은, 그것이 가락이 된다고 생각합니다. 왜 니나노 장단 같은, 허수경 시 같은 청승과 가락 있잖아요? 아니면 이문구 산문 같은 그런 것이. 때로는 박상륭 산문 같은 것이라도 좋겠습니다. 가락이 없으면 리얼리티는 없습니다. 어쨌든 속되게, 속되게 벚꽃들이 지고 있더랬습니다. 이 술집의 마당이자 곧 북한산으로 오르는 길에는 군데군데 바람이 쓸어 놓은 벚꽃들이, 그렇게 수북했더랬습니다. 마지못해 주인아주머니가 나오고 시키지도 않았는데 으레 그런지, 아니면 그것밖에 없는지, 막걸리 한 잔이 나왔습니다.

갈증이라고요. 술을 보자 없던 갈증이 일었습니다. 눈을 뜨니 선명하게 보이는 사물은 아무것도 없었지요. 온 세상이 눈물이었던지, 아니면 온 세상이 형태를 잃었던 건지 그랬을 겁니다. 입술을 축이는 정도로 한 모금 마시고 나는 다시 지는 꽃들의 그 화려한 몰락을 보고 있었습니다. 산수유는 햇빛이 넘어오는 정도의 얕은 언덕 위 북사면에 피는 게 가장 아름답습니다. 작은 꽃들을 빛이 장식해 주거든요. 하지만 벚꽃은요, 무자비하게, 무자비하게, 많으면 많을수록 한 아름다움을 만들어 냅니다. 꽃잎 한 장의 서러움을 다른 한 장의 꽃잎이, 다른 무수한 꽃잎들이, 장엄으로 만들거든요. 산수유가 미니멀한 풍경 속에서 세계를 대체하고 있다면, 벚꽃은 바로크적인 허무를 보여주지요.

아름다움이라고요? 아름다움이지요. 죽음의 유혹이지요. 죽음은 탐미의 양식이지요. 아니, 탐미가 죽음의 양식인가요? 부질없습니다. 나는 술잔을 잡았습니다.

그리고 거기, 내 술잔에는요, 어느새 작은 꽃잎들이 수북해 있더랬습니다. 누가 내 술잔에 꽃을 내렸던 것일까요? 나는 신선의 먹이를 탐하지 않았습니다. 나는 그 꽃잎들을 불어내며 다 마셔 버렸습니다. 입가에 붙어 있는 몇 장 꽃잎들 닦아내며, 어지럽게 내리는 꽃잎들을 보며 나는 아찔했거든요. 긴 현기증에 나는 빙글빙

글 무너지고 있었습니다. 꽃들이 무너지고 있었습니다. 미니멀과 바로크가, 가락과 산문이, 먼 고장과 시간이, 색과 음이 뒤섞이고 있었습니다. 그리고 당신은 그때 긴 잠을 자고 있었지요, 그렇지요.

신의 방정식

사이푸와 말리시 부부가 감독한 『징기스칸』이란 영화는 광대한 몽골의 자연을 배경으로 한 영웅의 이야기를 그리고 있다. 영웅의 일대기를 그리고 있는 만큼, 얼핏 굉장한 드라마가 있을 것 같지만 영화는 심심하다. 그러나 이 영화에는 삶의 드라마가 아닌 삶의 방식이 있다.

감독은 내몽골 출신답게 초원에서의 삶의 방식을 짙은 애정으로 잡아내고 있다. 단지 신기하게만 보일 수 있는 다른 삶의 방식들이 나 같은 이방인에게도 울림을 주는 것은 거기에 누구나 공감할 수 있는 보편성이 있기 때문일 것이다. 그저, 같은 동아시아

문명권이라는 지역적인 테두리가 아니라 지금의 문명이 잃어버린 풋풋한 원시성을 영화는 떠올리게 한다. 그중에서도 칭기즈칸과 그의 약혼녀가 처음 만나는 장면은 아마 오래도록 잊히지 않을 것이다.

약혼녀는 주저하고 있는 테무진에게 이것이 자신이 받아들인 운명임을 수줍게, 그러나 분명하게 말하고 과감히 초원에 누워 남자를 받아들인다. 말하자면 야합野合하고 있는 것이다. 나는 그 장면과 동시에 '야합'이라는 단어가 그 원시성을 회복했다고 말하고 싶다. 여자와 대지가 합일을 이루며 누웠다는 단순한 일치가 아니라 여자는 대지와 자신의 운명과 남자를 한꺼번에 받아들인 것이다. 그 순간 삶의 방식과 그 삶을 이루는 터전인 초원과 너라는 타자는 모두 한 여자의 운명 속에서 '있게' 된다. 그 복잡함이 하나의 운명으로 '야합'한 것이다. 그러나 그렇다고 모든 것이 단순해지는 것은 아니다. 세계의 복잡함은 여전히 있다. 단지 그 복잡함이 나의 운명이 되었을 뿐이다.

내가 웹진의 편집 일을 하고 있을 때, 서영은 선생은 가끔 광화문 근처에서 원고를 건네주곤 했다. 그때마다 자연히 이런저런 얘기들이 오갔는데 주로 내가 떠들고 선생은 조용히 듣는 편이었다. 늘 그렇듯이 선생은 귀로 이야기를 듣는 것이 아니라 눈으로 이야기를 듣는 것 같았다. 그래서인지 선생의 목소리는 늘 낮았다. 주변이 시끄러울 땐 온 신경을 집중해야 할 정도였다. 나는 그럴 때마다 선생의 듣는 눈을 부러워했다. 눈으로 들으려면 보는 수줍음이 없어야 한다. 적어도 나는 아직 보는 데에 홀려 있고, 그런 만큼 보는 수줍음을 잘 이기지 못한다.

그런 어느 날 선생은 그렇게 듣는 눈으로 나를 보더니 "그 복잡함을 견디세요."했다. 그동안 무엇이든 해결하려고만 했던 나에게 그 말은 일종의 벌이었고, 문제에 대한 언급이 아니라 문제를 보는 태도에 대한 지적이었다. 나는 그 후로도 한동안 선생의 견딤의 문제를 생각하며 정신적 공황 상태를 겪어야 했다. 왜냐하면 복잡함을 이루는 근본을 찾는 것은 과학이지만 복잡함을 견디는 문제는 나를 바꿔야 가능하기 때문이었다. 어떻게 하면 저 몽골의 여인처럼 야합을 이루어낼 수 있을 것인가?

그 후 칭기즈칸의 아내는 남편이 집을 떠난 후 아이를 가졌음을 알게 되지만, 그 기쁨도 잠깐, 남편의 적에게 납치되어 적의 천막에서 같이 지내게 된다. 그 사실을 알고 아내를 구하러 온 칭기즈칸은 아내가 적의 아이를 가지고 있는 줄 알고 여자를 버린다. 결국 어머니의 설득으로 칭기즈칸은 아내를 데려온다. 하지만 그가 끊임없이 초원을 달렸던 이유 중에 하나는 혹 집에 대한 괴로움이 아니었을까, 생각해 보기도 했다. 실제로 칭기즈칸의 장남인 주치는 사람들로부터 평생 적의 자식일지도 모른다는 의심을 받았다. 아마도 칭기즈칸도 평생 그런 번민에 휩싸였을지도 모른다. 초원에 누워 자신을 받아들였던 여자에 대한 버릴 수 없는 사랑이 그를 초원의 끝으로 나가게 했던 것은 아닐까? 그는 초원의 끝에서 무엇을 보았을까?

나는 아직도 세계의 복잡성을 이루는 근원을 찾아 헤매고 있다. 신은 어떤 공식을 써서 이 세계를 창조하신 걸까? 나도 그 아름다운 방정식을 엿볼 수는 없을까?

나는 초원의 끝까지 가야 한다.

강이네 집

어느 화가에게서 딸을 위한 집을 설계해 달라는 의뢰를 받은 적이 있다. '강'이라는 외자 이름을 가진 딸애는 열한 살로 정신지체와 신체장애를 같이 앓고 있었다. 처음 강이를 만났을 때 나는 적잖이 당황했다. 그런 장애를 갖고 있는 아이를 처음 본 것은 아니었지만 막상 내 일로 닥치니 난감했다. 보조기구를 차야 걸을 수 있고, 말도 제대로 못하고, 심한 낯가림에 그 나이에 걸맞은 사고도 하지 못했다. 설계를 진행해나가는 초기 동안 나는 심한 자괴감에 빠지지 않을 수 없었다.

내가 그리는 도면이 강이에게 얼마나 적합하게 계획되었는지, 나는 종잡을 수가 없었다. 내가 그리는 공간에서 살 사람과 아무 상관없는 그림을 그리고 있다는 생각에 나는 심한 무력감을 느끼고 있었다. 나는 좀 더 강이와 장애에 대해서 보다 정확히 알 필요가 있었다. 그래서 강이가 앓고 있는 장애에 대한 논문도 읽었고, 부모들이 이야기하는 교육과 치료에 대한 어려움에 대해서도 조사했다.

그러면서 그려진 도면을 가지고 계속해서 강이 아버지와 이야기하고 수정해나갔다. 처음에는 강이의 행동 특성을 파악하기만 하면 집에 그것을 반영해 설계를 성공적으로 끝낼 수 있다고 생각했다. 그러나 점점 더 깊은 이야기가 진행될수록 나는 뭔가 내가 잘못 짚었다는 것을 깨달았다. 강이 아버지가 나에게 주는 강이에 대한 정보는 '위험하다', '괜찮다'가 전부였다. 그것은 굳이 강이 아버지 입을 통해 들을 것도 없이 아주 상식적인 일이었다. 나는 그 상식에 반발했다. 설계자로서의 내 욕심은 치료를 위한 집을 만드는 것이었다. 다양한 공간 변화를 통해 아이에게 새로운 인지능력을 깨울 수도 있지 않은가 하는 것이 내 생각이었다. 나는 좀 더 과격한 공간을 제시했고, 강이 아버지의 "너무 위험합니다."는 번번이 내 제안을 무색하게 했다. 그러나 토론의 횟수가 거듭될수록 점점 강이 아버지의 확신에 빨려 들어가는 나를 발견할 수 있었다.

그 확신이라는 것은 아주 간단했다. 강이는 아주 특별한 아이라는 것이었다. 어느 부모가 자기 아이를 특별하지 않다고 느끼겠는가? 그러나 강이 아버지의 확신은 계속 반복되었고, 나는 어느 새 강이 아버지의 주문대로 강이를 특별하게 느끼게 되고 말았다. 그러면서 나는 내 설계의 오류를 스스로 지적할 수 있게 되었다.

나는 그때까지 강이의 장애를 개선될 수 있는 것으로 여겼다. 그러나 그것은 결국 내가 강이의 장애를 인정하지 않고 있다는 말과 같았다. 건축가의 자의적인 판단으로, 공간을 통해 강이를 치료할 수 있다고 확신했던 것이다. 오만한 생각이었다. 나는 그때까지 강이의 장애에 맞는 집을 설계하려고 했지, 강이라는 고귀한 한 인간의 존재를 위해야 한다는 가장 간단한 기본을 잊고 있었던 것이다.

한 인간은 그 자체로 특별한 것이다. 장애가 있든 없든, 바보이든 천재이든, 한 인간으로서, 그리고 한 생명으로서 그는 이미 세상에서 가장 특별하고 가장 고귀하다. 그래서 나는 오히려 강이의 장애를 잊기 시작했다. 그리고 이 집에 강이의 지금과 과거가 될 현재와 미래를 계획하기 시작했다.

나는 늘 건축주에게 집보다는 집 바깥의 정원이 그 집에 사는 사람들을 더 많이, 더 오랫동안 행복하게 한다고 말해왔다. 그러나 강이에게는 정원도 위험한 곳이었다. 그래서 대신에 너른 마당을 두었다. 비록 강이의 몸은 불편하지만 강이의 영혼은 그곳에서 자유롭게 놀았으면 하는 바람으로.

설계는 수십 번의 수정을 통해서 완성되었다. 마지막 수정을 거쳐 설계도가 완성되던 날, 나는 강이네 식구들로부터 행복하다는 고백을 들었다. 그 순간 더 행복했던 사람은 나였다. 좋은 집은, 집이 훌륭해서가 아니라 좋은 사람들과 같이 살기 때문에 좋은 것이다. 사람은 집의 영혼과 같다. 그 행복한 영혼들이 집과 집 바깥을 따뜻하게 하고, 집과 집을, 길과 길을 따뜻하게 한다. 이제 강이네 집은 설계도 밖으로 나와 실제로 지어지려고 한다. 그 집에서, 혹은 그 집에서가 아니더라도 강이와 강이네 식구들이 부디 더 행복하게 살았으면 한다.

네티, 네티

어느 현자가 제자에게 물었다.

"만약에 내가 너의 팔을 자른다면 너는 그래도 너겠느냐?"

제자는 그렇다고 대답했다. 팔이 하나 없어도 '나'라는 본질에는 크게 영향이 없다고 생각했기 때문이다. 현자는 다시 물었다.

"이번엔 다리를 자르겠다. 그래도 너는 너냐?"

이번에도 제자는 그렇다고 대답했다. 현자는 또 물었다.

"그러면 너의 머리를 자르면?"

제자는 한참 생각하더니, "그러면 나는 내가 아닌 것 같습니다."라고 대답했다.

만약 어느 피아니스트에게 똑같은 질문을 한다면 그 피아니스트는 어떻게 대답할까? 마찬가지로 어느 왕에게 묻는다면 어떻게 대답할까? 피아니스트의 손을 자른다면 그는 더 이상 피아니스트는 아니다. 그것이 그 인간의 본질마저 흔들 수 있을까? 왕국을 빼앗긴 왕은 더 이상 왕이 아니다. 그것이 그의 본질을 바꿀 수 있을까? 이 질문에 대답하기 위해서는 나라는 본질에 대한 정의가 필요하다. 나는 왕인가? 피아니스트인가? 아니면 그저 인간인가?

힌두교에는 우주의 근본원리인 브라만과 인격적 원리인 아트만이 있다. 힌두교의 교의는 이 브라만과 아트만이 하나라는 사실을 깨닫는 데 있다. 그러기 위해서는 먼저 나라는 실체에서 '참나眞我'라고 번역되는 아트만을 찾아야 한다. 힌두의 많은 고행자들이 찾고자 하는 것이 바로 이 아트만이다. 아트만을 설명하는 여러 방법들이 존재하지만 힌두의 현자들은 이것을 일일이 설명하는 것으로는 본질에 접근하기 어려운 것으로 본다.

그 대신 무엇을 부정하는 것으로써 아트만의 본질에 다가간다. 그것이 바로 '네티, 네티Neti, Neti'이다. 우리말로는 '아니다, 아니다'이다. 이것도 아니고, 저것도 아님을 통해 우리는 더 이상 부정되어지지 않는 무엇인가와 대면하게 된다. 그러니까 더 이상 부정되어지지 않는 것, 그것이 아트만이라는 이야기이다.

서양의 변증법은 부정을 통해서 같아지는 것을 지향한다. 그것이 역사 철학의 원리라는 것이다. 그러나 '네티, 네티'는 의미상으로는 부정이지만 같아지는 것을 향해서 쓰이는 것이 아니다. 이것은 계속되는 부정이다. 그래서 참혹하기까지 하다. 왜냐하면, 손쉽게 아니라고 할 수 있는 것 외에도, 자기가 사랑하는 것까지 아닌 것일 수 있기 때문이다. 그리고 심지어 자기가 끝까지 지키고 싶은 것도 아닌 경우가 있다. 인도에서는 그것을 '다르마'라고 부른다. 우리말로 하면 '업'이나 '의무' 정도가 될 것이다.

인도의 고대 서사시 『바가바드 기타』에는 최후의 전쟁을 두고 사촌 형제와 맞서야 하는 아르쥬나의 고민에 대한 이야기가 나온다. 사촌 형제를 죽여야 하는 전쟁을 앞두고 아르쥬나는 죄책감에 휩싸여 망설인다. 이 망설임 앞에서 최고의 신 크리슈나가 아르쥬나 앞에 현신한다. 그리고 하는 신의 말은 충격적이다.

"전투를 피해서는 안 된다. 다만 자신의 의무를 실행한다는 것이 중요하다. 일의 성패는 문제 삼지 말라. 그대가 전심專心해야 할 것은 오직 행동이지 결코 결과가 아니다. (인간은) 행동의 결과에 좌우되어서는 안 된다."

그러니까 결과는 인간들이 생각할 수 없으며, 그것을 생각하는 것은 건방진 짓이라는 말이다. 이 말에 설득 당한 아르쥬나는 자신의 형제들을 상대로 전투를 개시한다. 아무리 신의 설득이라지만, 이번 생에서 자신의 의무가 자신의 형제들을 죽이는 것이라는 걸 아르쥬나는 어떻게 견딜 수 있었을까? 만약 그것이 우리 생의 진실이라면, 거부하고 싶다. 누군들 그렇지 않겠는가? 누구에게나 부정되어야 하지만 도저히 부정할 수 없는 것이 있다. 그래서 우리는 깨닫지 않고, 기꺼이 어리석은 중생으로 이 생을 또 사는 것이다.

'네티, 네티'는 이 참혹을 무릅쓰라고 말하고 있다. 결코 쉬운 이야기가 아니다. 그러나 확실히, 문제가 복잡해지는 것은 우리가 문제의 핵심을 놓치고 있을 때가 대부분이다. 그럴 때 이 부정의 방법은 요긴하게 쓰인다. 이러지도 못하고 저러지도 못할 때, 가지고 있기는 싫고 남 주기는 아까울 때, 나중엔 분명 크게 쓰일 텐데 지금 당장 나를 위협하는 것이 있을 때, 우리는 문제의 핵심에 접근하기 위해서는 곁가지를 쳐낼 필요가 있다. 이것도 가지고 싶고 저것도 가지고 싶은 마음은 욕심이다. 이것도 옳고 저것도 옳다는 식의 긍정은 논의를 풍성하게 할 때는 필요하지만, 의사 결정의 방법으로는 유용하지 않다. 부정을 통해 핵심에 접근하는 것은 최종적으로 가능한 긍정을 도출하기 위해서다.

다 잘라내고, 마지막까지 자를 수 없는 것. 그것이야말로 내가 긍정하는 나이다.

상상한다,
그러므로 나는 존재한다

인간은 생각하는 존재라고 한다. 이 문맥 속에서 '상상'이라는 단어는 왠지 가벼운 느낌이 든다. 사실 '상상'이라는 말과 '생각'이라는 말은 크게 다르지 않다. '생각'이라는 말을 한자로 '生覺'이라고 적기도 하는 모양인데, 한자에서 유래했는지는 정확히 밝혀지지는 않았지만 '깨어 정신을 차리다'라는 '각성'이라는 단어와도 의미가 통하는 듯하다.

말하자면 '생각'이란 '생각 없음'과 대립적인 단어이고, 뜻은 '존재의 느낌'을 갖는 것 정도로 해석하면 큰 틀림은 없을 것이다. 그런데 비슷하기는 하지만 '상상'의 의미는 좀 다르다. '상상'은 한

자로 '想像'이라고 적는다. 글자 그대로 구체적인 형태에 대해 생각하는 것이다. 요즘 말로 하면 이미지에 대해 생각하는 것이다. 예를 들면 사자의 습성에 대해 열중하는 것은 생각하는 것이고, 사자의 동작이나 갈기 따위에 대해 머릿속에 담고 있는 것은 상상하는 것이다. 그러나 '상상'이라는 것이 이렇게 단순하게 의미가 규정될 수 있는 것은 아니다. 때로 '상상'은 합리적인 '생각'을 넘어서는 직관에 대해 얘기하고 있을 때가 있다. 생각이나 상상이 사실을 넘어서 직관에 가 있을 때, 우리는 그 생각을 '시적이다'라고 말한다.

시는 많은 부분 직관의 산물이다. 시가 많은 설명을 하지 않고, 언어를 함축적으로 표현하는 이유도 그것이 직관에서 나오기 때문이다. 그동안 시를 써오면서 나는 내 시와 내 상상이 이상한 관계를 맺고 있다는 것을 알게 되었다. 아주 단순한 선후의 문제인데, 어느 날 나는 내가 상상한 것들에 대해 쓰고, 나중에 그것들을 경험한다는 사실을 알게 되었다. 흔히 생각하듯이 문학은 경험의 소산이라고 하는데, 내 경우는 순전히 상상의 산물이다.

나는 1993년에 티베트로 여행을 떠났다. 그러나 내 시에서 티베트에 관한 소재가 등장하는 것은 그 전이다. 흔히 사람들은 내가 티베트 여행의 경험을 바탕으로 티베트에 관한 글을 썼으리라 생각하는데, 그것은 오해다. 마찬가지로 타이가의 숲에 대한 글 역시 2006년 몽골 여행을 다녀오기 전에 쓴 시들이다. 항상 나는 먼저 쓰고 그 장소를 여행하는, 전혀 의도하지 않은 행동을 해왔던 것이다. 상상하고, 쓰고 난 후 가보는, 반복되는 행위를 이제껏 해오고 있는 내 자신을 발견하고는 스스로 좀 놀랐다. 상상이 나를 이끌었던 것일까?

상상에 대한 징크스도 있다. 누구나 '나는 그것만 하면 꼭 이렇게 돼' 하는 징크스 한두 개씩은 있기 마련이지만, 나에게 있어 그 징크스는 상상과 닿아 있다. 상상한 후에 그 장소에 꼭 가보는 무슨 범죄 심리학 같은 앞의 경우가 상상과 실재의 관계였다면, 이것은 상상과 상징(언어)의 관계이다.

이를테면, 혼자서 오랫동안 자명하다고 생각해온 사실들이 말로 발설되자마자 갑자기 이제까지와는 반대로 진행되는 것이다. 구체적인 예를 들면, 아침에 예쁜 여자를 보면 그날은 재수가 좋다고 생각했고, 늘 그랬다. 그런데 그 얘기를 누군가에게 하고 난 후 그 다음날 예쁜 여자를 봤는데도 버스가 정류장에 정차하지 않고 두 번이나 지나치는 바람에 지각을 하는 것이다. 이렇게 혼자 생각해 오던 일상의 법칙들이 말하자마자 깨어진다. 그러고 보니 이런 상상을 이렇게 글로 씀으로 해서 이 징크스도 깨지는 것은 아닐까? 괜히 불안하다.

그리고 실제로 그렇게 되었다. 이 글을 발표하고 수년이 지난 후 나는 10년 만에 네 번째 시집을 펴냈다. 그리고는 마치 도망치듯, 서둘러 지인들에게 시집을 발송하고는 장강과 메콩 강을 여행하러 떠났다. 상해에서 시작하여 장강을 따라 육로로 무한까지

가는 길은 강을 쓰다듬으며 걷는 길이었다. 그리고 무한에서 배를 타고 중경까지 가는 여행은 강과 손을 잡고 같이 누워 하는 여행이었다. 그리고 성도로, 성도에서 운남을 거쳐 중국 쪽의 메콩 강 상류로 가 거기서 배를 타고 태국으로, 캄보디아로, 라오스로 갔다. 거기서 강과 함께 하는 여정은 끝났다.

이번 여행은 내 시에서 한 번도 상상되지 않은 미답의 지도였다. 나는 드디어 상상하지 않고도 가게 된 것이다. 이 이후에 나는 어떻게 될까? 나의 상상은 가능할까?

나는 상상함으로써 존재한다
신의 명상에서부터 흔들리는 숲
저 나무의 명상까지
빈 들판은 얼마나 오랫동안
꽃의 만발을 생각해왔던 것일까?
(새는 자신의 몸에 대해 얼마나 골몰했길래
저렇게 공기처럼 가벼운 날개를 가질 수 있었을까?)
물은 둥근 몸에 대해
별은 빛에 대해
데이지꽃은 자신의 중심에 대해
죽음의 의지를 통하지 않고서는
끝내

우리는 이 가설의 체계를 엿볼 수 없으리
이 광기와, 냉혹한 아름다움의 비밀을
이 차가운 공유의 역설을
존재하지 않지만 가득 차 있는 이것을
시간은 낡은 깃대처럼 우리를 기다리고
자연에는 예禮가 없으니
눈부시게 반짝이는 저 바다의 비늘을 보라
사막이 꾸는 꿈과
바람이 물을 밀어 결을 거스르는 무늬를
나는 너의 가설이다
내가 환하게 핀 한 그루 사과나무의
다섯 장의 꽃잎에 대해 생각할 때
너는 어디에 있었느냐?
– 함성호, 「아스가르드의 화석」

장엄하는 장대비

한국의 여름은 장엄莊嚴하다. 녹색이 그렇고, 하늘이 그렇다. 뜨거운 폭염이 그렇고, 대지를 식히는 장대비가 그렇다. 한국에서, 여름에 장엄하지 않은 것은 없다. 말 그대로 씩씩하고, 웅장하며 위엄 있고, 엄숙하다.

불가佛家에서 장엄은 좋고 아름다운 것으로 꾸미는 일을 뜻한다. 그런 의미에서도 여름은 장엄하다. 특히 산이 높고 골짜기가 깊은 강원도의 여름은 천지간에 오직 하나, 녹색밖에 없다. 좌우로 늘어선 높다란 산이 만들어내는 골짜기에는 어김없이 물이 흐르고 길이 있다. 그 길을 걸어 보라. 거기에는 하늘도 없고, 땅도 없다.

오직 녹색의 향연만이 천지의 공간을 채우고 있다.

봄빛은 우리를 때때로 깊은 상념에 젖게 하지만, 여름의 색은 항복을 요구한다. 그 앞에서 우리는 판단도, 논리도, 아름다움마저도 잊는다. 아, 그러다 여름날의 개처럼 우리는 지쳐간다. 혀를 내밀고 귀를 축 늘어트린 채 혹여 누가 건드릴까 위로 눈을 뜨고 길을 가는 개와 그 옆을 파김치가 되어 지나는 사람은 뙤약볕 아래를 걷고 있다. 그러다 여름의 뜨거운 햇볕 아래 모든 것들은 정지한다. 논에서 익어가는 벼들도, 거리를 오가는 자동차도, 심지어는 시장에서 호객하고 있는 상인들의 목소리도, 부조처럼 고정되어 있다. 여름은 뙤약볕 아래 멈춰 서 있다. 영원히 계속될 것만 같은 이 빛은 우리에게 오늘과 내일이라는 구분을 지우라 명한다. 움직이지 않는 나무들은 그런 빛의 명령을 가장 잘 수행한다. 나무들은 마치 평면에 붙박인 것처럼 미동도 없다.

그러나 이 정지된 화면 속에서도 움직이는 것들이 있다. 개미들이다. 개미들은 나무를 오르내리고, 뜨거운 아스팔트 위를 기어간다. 개미들은 이 정지된 화면 속에서 마치 자막처럼 움직인다. 개미들이 없었다면 아마 우리는, 이 고요한 여름날의 영화榮華, 映畵를 누구도 이해할 수 없었으리라. 그리고 우리는 이 색과 빛의 여름날을 꾸미는 가장 장엄한 코러스를 듣는다. 그것은 처절하며, 웅장하고, 신성하고 속되다. 움직이지 않는 나무에 붙어서 움직이지 않은 채 이성을 부르는 매미들의 합창. 만일 그 합창이 없었다면 여름은 죽음인 채 지나갈 것이다. 매미가 울지 않는 여름은 얼마나 고독할 것인가? 그러나 매미가 우는 여름은 또 얼마나 고독한 것인가? 아파트 단지에서, 거리의 나무에서, 뜰 안의 감나무에서, 어두운 숲에서 매미들이 울고 있다. 이제 절정에 이른 것이다. 그리고 늘 잘못 본 것처럼 하늘에서 긴 사선을 그으며 무엇인가가 툭, 하고 바닥에 꽂힌다. 그리곤 조용하다. 매미들의 합창도 마무리 되어가고 있다. 개미들도 사라졌다. 그 뜨겁던 햇빛도 한풀 꺾이지 않았는가? 녹색은 어두워가고, 뜨거움 대신 후텁지근함이 대기를 감싼다. 이제 여름은 가장 어두운 침묵을 준비한다.

툭, 여름의 풍경을 사선으로 가르며 이질적이고 갑작스러운 것이 주저 없이 대지에 박힌다.

툭, 전보다는 더 짧은 시간 차이로 다시 한 번.

그때에야 차에 탄 사람들은 차창의 유리문을 올리고, 가로를 걷는 사람은 걸음을 빨리 한다. 모든 살아 있는 것들이 이 심상치 않음을 느낀다.

툭, 이번에는 미동도 없던 나뭇잎을 때린다. 대로의 한가운데 섬처럼 조성된 조경 숲 쪽이다. 무성한 잎을 달고 한여름을 견디던 나무들이 순간 흔들림보다는 소리로 먼저 반응한다. 잎을 울리는 소리, 빗소리.

후두둑둑. 쏴아. 한껏 달궈진 아스팔트 바닥을 두드려대는 장엄하고 침착한 소리들. 번지는 빗물들 위로 피어오르는 희뿌연

열기들. 불과 차 한 잔 마실 시간에 앞이 안 보이도록 퍼부어대는 장대비 속의 압력을 뚫고, 사람들이 뛰고, 개가 숨고, 나뭇가지가 처지고, 강의 수면이 정신없이 흐름을 잃는다. 장엄하다. 얼른 창문을 닫아야 한다. 여름을 장엄하는 비가 내리고 있다.

인간의 둥지 위에 내린 눈

'생의 무게'라는 말이 있다. 사람이 일생을 사는 데 있어 떠메야 하는 짐이 있듯이, 건축에서도 그런 무게는 가장 기본적인 전제에 속한다. '생의 무게'라는 말이 한 개인의 일생을 억누르는 억압이라면, 그리고 그 억압 속에서 소위 '연륜'이라는 것이 쌓이고 관조의 지혜와 달관을 얻어가는 자유를 얻는다면, 건축도 그와 같다.

건축은 분명 공간의 예술이다. 그러나 거기에는 피할 수 없는 전제가 따른다. 그것이 바로 '하중'이라고 불리는 건축의 짐이다. 하나의 건축물이 서기 위해 고려해야 할 사항은 너무나 많다. 인간의 행위는 그렇다 치고, 공간의 배분과 그것의 정신적 연결마

저 그렇다 쳐도, 철저히 중력에 따라야 하는 역학적 논리는 어쩔 수가 없다. 생의 달관이라는 것이 어쩔 수 없는 생의 모순 속에서 나오듯이, 건축의 자유로움도 바로 이 어쩔 수 없는 중력의 법칙을 받아들일 때 획득된다.

그러한 건축의 짐은 크게 고정하중과 적재하중으로 나눌 수 있다. 고정하중은 말 그대로 집을 구성하는 콘크리트나 철근 등과 같이 그 집과 함께 영구히 같이 가야 하는 짐이고, 적재하중은 있다가 없어지는 짐을 말한다. 그러니까 고정하중은 가족과 같이 평생을 떼어 버릴 수 없는 억압이라고 생각하면 될 것이고, 적재하중은 연애처럼 존재할 땐 고통스럽지만 없어질 수도 있는 그런 짐이라고 생각하면 쉬울 것이다. 적재하중 중에서도 건축가들을 가장 고민스럽게 만드는 것이 바로 자연의 짐이다. 인간을 괴롭히는 많은 질병들이 신의 잘못된 디자인에서 연유하듯이, 자연의 힘을 제대로 이해하지 못하면 집은 금방 병들고 만다. 고베 지진이나 해마다 겪는 우리의 홍수 피해를 보면서도 알 수 있듯이 자연의 힘은 '자연보호'라는 말이 무색할 지경으로 막강하다. 건축에 미치는 그런 자연의 힘 중에서도 눈은 특이한 지점에 위치한다. 왜냐하면 다른 힘들, 예를 들면 비는 흘러내리고, 바람은 지나가는 데 비해 눈은 기온이 상승하지 않는 한 계속해서 집에 압박을 가하기 때문이다. 그래서 만년비나 만년바람은 없어도 만년설이란 말은 있는 것이다. 심지어 눈이 많이 내리는 강원도 산간지방 같은 곳에서는 계속되는 폭설로 집이 무너지기도 하고, 나뭇가지들이 뚝뚝 부러지며 꺾이는 소리를 예사로 들을 수 있다.

건축을 구성하고 있는 여러 요소들 중에서도 눈과 비에 가장 예민한 부분이 바로 지붕이다. 대부분의 동물들이 비나 바람에 민감한 집을 구성하고, 눈에는 별로 대응하지 않는데, 그 이유는 간단하다. 동물들은 아예 죽음에 가까운 모습으로 겨울을 나거나 겨울을 피해 다른 곳으로 이동하기 때문이다. 그러니까 온 세상이 하얗게 뒤덮인 아름다움의 속에는 그런 죽음이 깃들어 있거나 목숨을 건 도피가 있는 것이다.

마찬가지로 인간의 둥지를 덮어 주는 다양한 지붕의 형태는 문명이 발달한 오늘날에도 피해 갈 수 없는 단순한 논리가 적용된다. 방수의 문제가 21세기의 기술로도 여전히 완벽하게 해결되지 못하는 것처럼 적설의 문제 역시 통째로 견디는 방법 이외에는 다른 방법이 없다. 그러나 문명의 진보가 깨닫지 못하는 가장 자연스러운 것들 속에서 그 해결책이 존재하듯, 방수와 적설의 문제도 그렇다. 기술의 진보는 항상 '물을 어떻게 막는가?' 하는 문제에 매달려 왔지만, 자연의 지혜는 빨리 흘러내릴 수 있도록 물의 길을 막지만 않는다면, 물은 다른 곳으로 새지 않는다는 평범한 진리를 일깨워 준다. 진정한 하이테크는 언제나 로우테크를 지향한다.

그러나 적설의 문제는 그렇게 간단하지 않다. 적설 깊이가 50센티미터 이하일 때, 눈이 1센티미터 쌓이면 1입방미터당 1킬로그램의 무게가 더해진다. 한국에서 내리는 적설량을 생각해 본다면, 한 마디로 말해서 눈의 무게는 대책이 없다는 결론에 이르게 된다. 북구의 집들이 지붕 경사도가 급한 것도 눈의 무게를 감소해 보려는 시도이고, 울릉도의 우데기라는 가옥의 형태도 엄청난 폭설에 대비해 집 밖에서의 활동을 보장받고자 하는 방법 중 하나이다.

우데기는 울릉도의 전통 민가에서 흔히 나타나는 시설물로 가옥의 외벽과 지붕의 처마 끝을 잇대어 설치한 임시 벽을 말한다. 우데기는 지붕과 마찬가지로 억새나 갈대로 만들다가 최근에는 함석 등과 같은 재료를 이용하며, 주로 방설, 방풍, 방우, 보온 등 여러 역할을 한다. 그러나 뭐니 뭐니 해도 겨울철의 폭설에 대비한 방설이 주목적이다. 울릉도 최심 적설량이 약 3미터에 이를 정도이니 울릉도의 가옥 구조는 눈과의 싸움에서 형성된 것이라 할 만하다.

강원도 산간 지방의 가옥 구조에는 반드시 눈 때문이라고는 할 수 없지만 극심한 겨울의 추위에 대비해 방바닥을 덥히는 온돌 외에도 아예 벽을 데우는 벽난로 같은 아궁이가 하나 더 추가되어 있는 모습도 볼 수 있다. 이를 '코쿨'이라고 하는데 벽난로가 공기를 데워 난방을 한다면, 이것은 공기는 물론이고 벽의 복사열까지 난방에 이용한다. 비교적 따뜻한 아랫 지방에서는 이것을 조명으로도 사용하는데, 강원도 산간 지방의 코쿨은 2미터 정도의 적설량이 벽을 압박하여 누르는 하중을 녹여서 없애려는 부차적 기능도 같이 하는 것으로 보인다. 왜냐하면 코쿨의 난방 기능은 방 안을 데우기도 하지만 외벽 자체의 온도를 높여 눈이 쌓이는 것을 바깥쪽에서부터 방지할 수 있기 때문이다. 또한 강원도 지방의 가옥은 다른 지방의 가옥들이 축사와 떨어져서 다른 지붕을 이고 있는 데 반해 하나의 지붕으로 덮여 있는 특이한 구조를 가지고 있다. 여기에도 추위에 대한 배려가 있겠지만 아무래도 눈이 많이 쌓였을 때를 대비해 작업 동선을 확보하기 위한 고려가 더 크게 작용했을 것이다.

지난 여름 나와 같이 강원도 지방의 가옥을 둘러본 건축가 한 분은 "집에 빈틈이 없다."는 말로 강원도 지방의 가옥을 요약했다. 아무래도 겨울은 그만큼 혹독한 것인가 보다. 인간의 둥지 위에 내리는 눈을 볼 때마다 나는 죽음의 형식으로 겨울을 나는 자연의 모습을 보곤 한다.

자연에 대한 인간의 승리는 상처뿐

건축은 어떻게 하면 자연의 폭력적인 얼굴을 좀 더 효과적으로 외면하느냐 하는 데에 주력하여 발달해왔다. 물론 거대 공간에 대한 탐구와 그로 인한 구조기술의 발달도 있었지만 건축의 문제는 언제나 등 따습고 배부르고자 하는 인간의 가장 기본적인 문제에서 그리 멀리 있지 않았다.

'어떻게 겨울을 따스하게 지내고 여름을 시원하게 보낼 수 있을까?' 하는, 문제를 해결하기 위해 수많은 재료가 개발되고 단열의 방법들이 연구되었다. 그로 인해 오늘날 우리들은 거의 완벽하게 외기를 차단하는 방법을 알게 되었다.

사람이 옷을 입어 추위를 피하듯이 집들도 옷을 입어 내부의 온기를 보존한다. 그런데 문제는 바로 이 완벽한 단열에서 생겨났다. 집이 제대로 숨을 쉬기가 어렵게 된 것이었다. 집이 숨을 쉬지 못하니까 자연히 습도의 자연스러운 조절이 어렵게 되고, 반드시 창을 열어 환기를 해야 했다.

그러나 편리에 젖은 현대인들이 일부러 창을 열어 추위를 맞아들이는 환기를 택할 리가 없었고, 창은 더욱더 굳게 닫히고 뛰어난 밀폐 방식의 새로운 창들이 속속 개발되었다. 그 결과, 우리는 만성적인 호흡기 질환에 시달리고 있고, 실내의 공기와 외기의 온도 차를 극복하지 못한 우리의 몸은 겨울 내내 감기에 시달리게 되었다. 겨울의 추위를 극복할 수 있는 편리를 얻었지만 대신에 병도 함께 얻었다. 자연에 대한 인간의 승리는 이처럼 항상 상처뿐이었다.

그렇다면 미래의 건축은 이 자연의 환경을 완벽하게 극복할 수 있을 것인가? 그에 대한 대답은 '그렇게 할 수 없다'이다. 오히려 미래의 건축은 사람들이 마음을 바꿀 것을 요구한다. 어떻게? 여름엔 좀 덥게, 겨울엔 좀 춥게.

엄청난 속도로 진보해가는 과학기술의 진전을 보면서 사람들은 기술이 모든 문제를 해결해 줄 것이라고 믿는다. 그러나 미래의 건축이 21세기가 이룩한 이 모든 기술의 수혜를 받아서 우리에게 새로운 공간을 펼쳐놓으리라고 기대하는 것은 오산이다. 미래의 건축은 그런 과학기술을 통해서 오는 것이 아니라 우리의 마음을 통해서 온다.

자연과의 교감을 통해, 우리 인간 역시 자연의 일부라는 이 당연한 인식을 바탕으로 미래의 건축은 열리게 될 것이다. 사계절이 분명하지 않은 나라에서도 자연의 변화는 존재한다. 그 변화를 주역은 이미 오래 전부터 우리에게 가르쳐왔다. "철학이 동쪽으로 간 까닭은?"이라는 질문의 대답도 아마 여기에 있을 것이다. 단적으로 말해 21세기의 과학기술은 마음을 지향하게 될 것이다. 건축의 진화도 거기에서 그리 멀리 있지 않다.

이제까지 외기와 실내를 강하게 구분해온 벽의 역할이 느슨해질 것이며, 그 결과 추위가 실내로 들어오게 될 것이고, 실내의 따뜻한 공기가 벽을 통해 외부로 나갈 것이다. 그 변화를 받아들이는 것, 바로 거기에 진정한 미래의 건축이 있다. 아마도 그때쯤이면 건축이 점유하는 토지의 문제와 그 소유의 문제도 좀 더 느슨하게 바뀌어야 할 것이다. 강한 소유에서 느슨한 소유로.

이러한 느슨한 직조의 방법을 통해서 시는 여전히 우리에게 새로운 장르가 된다. 때로는 시행착오도 있지만 다음과 같은 시는 얼마나 아프게 우리에게 마음을 바꿀 것을, 시를 버려가면서까지 항변하고 있는가 말이다.

> 소나무는 누가 가까이 오는 것을 싫어하는데도 사람
> 들은 자꾸 다가가 만진다 배로 차고 등으로 찬다 싫어

한다는 걸 알릴 방법은 죽음뿐이다
높은 바위 위에 뿌리내린 소나무들도 독하다
－박찬일, 「죽은 소나무」

이 마음의 유턴을 위해 적과 같아질 수밖에 없는, 또 그것을 감내하는 시인은 독하다. 누군들 그 잔에서 멀어지고 싶지 않겠는가? 아직까지 누구도 그 마음을 본 적이 없어서 느슨한 직조는 천대받는다. 지금 아무도 알아보지 못하는 시를 누군가 홀로 쓰고 있을 것이다. 아무도 겨울엔 춥고, 여름엔 더운 집에서는 살려고 하지 않는 것처럼, 설렘과 망설임, 그 와중의 시를 눈치챌 수 없을 것이다.

달팽이와 함께!
달팽이는 움직이지 않는다.
다만 도달할 뿐이다.
－박찬일, 「우주를 건너는 법」

현대문명의 병은 곧 인간의 몸에 깃든 병과 같다. 건축이 그것을 증명한다. 굳건하게 땅에 뿌리박고 서 있는 모든 기둥들과 재료들은 그 굳건함만큼 해체도 어렵고, 썩지도 않는다. 얼마나 오래가고 튼튼하냐의 기준에서 이제 건축은 저 유목민의 천막처럼 얼마나 쉽게 자연의 상태로 환원 가능하냐의 문제로 옮겨와야 한다. 폭력적인 자연이 인간에게 끼치는 재앙이 어마어마하듯이 굳건한 것들은 항상 재앙과 같다. 현대문명의 재앙은 느슨한 데 있는 게 아니라 그 굳건함에 있다. 성수대교의 붕괴에서 볼 수 있듯이 강한 구조에 대한 무조건적인 신뢰가 다리의 매뉴얼을 망각하게 했던 것이다.

추울 땐 따뜻하게 지내려 하고, 더울 땐 시원하게 지내려고 하는 인간의 가장 기본적인 욕구와 건축 사이에는 마음이라는 강한 장벽이 서 있다. 이 벽을 느슨하게 직조해내지 못한다면 우리의 도시는 더 많은 통제와 파괴의 위험에 직면하게 될 것이다. 건축은 자본의 논리에 따른다. 자본이 지탱해 주지 않으면 아무리 강한 구조라도 쉬이 허물어지고 마는 것이 건축의 속성이다. 그래서 현대건축은 에덴동산에서 이루어지는 것이 아니라, 소돔과 고모라에서 이루어진다.

자본주의의 길은 욕망의 길이다. 사회주의가 인간이 가진 욕망의 길을 전체적인 매뉴얼로, 그에 따르는 사회의 통제로 조정하려고 했다면, 그리고 그 결과 실패했다면, 자본주의는 그 욕망의 방향이 바뀌는 날 실패하고 말 것이다. 자본주의와 사회주의를 아우르는 제3의 길이란 없다. 문제는 사회주의냐, 자본주의냐의 문제가 아니라 우리가 가진 욕망의 방향이다. 그것을 인식할 때, 우리는 새로운 욕망 속에서 전혀 다른 마음의 진화를 겪게 될 것이다.

그렇다면 욕망도 변하는가? 그렇다고 한다면, 적어도 희망은 아직도 판도라의 상자 속에서 우리를 부르고 있을 것이다. 이번엔 또 무슨 괴물인지는 모르겠지만.

시와 바람과 구름이 사는 집

02 | 시와 바람과 구름이 사는 집

시와 바람과 구름이 사는 집

추울 땐 따뜻하게 지내려 하고, 더울 땐 시원하게 지내려고 하는 인간의 가장 기본적인 욕구와 건축 사이에는 마음이라는 강한 장벽이 서 있다. 이 벽을 느슨하게 직조해내지 못한다면 우리의 도시는 더 많은 통제와 파괴의 위험에 직면하게 될 것이다. 건축은 자본의 논리에 따른다. 자본이 지탱해 주지 않으면 아무리 강한 구조라도 쉬이 허물어지고 마는 것이 건축의 속성이다. 그래서 현대 건축은 에덴동산에서 이루어지는 것이 아니라, 소돔과 고모라에서 이루어진다.

기러기를 보면 떠나고 싶다

한 떼의 철새들이 저녁의 한강을 건너 북쪽으로 날아가고 있다. 누군가 옆에서 “어머, 저 달 좀 봐!” 하고 외친다. 보름인 오늘은 가을에서 겨울로 넘어가는 마지막 건널목이다. 다음 신호에서 나는 강변북로를 버리고 마포로 길을 잡아야 한다.

교차로는 아름답다. 완만한 경사도로와 서로 겹치고 풀어지는 고가도로가 각각의 방향성을 갖고 지상에서 공중으로 내닫는 풍경은 그대로 한 폭의 난蘭이다. 붓에 먹을 듬뿍 적셔, 뻗고, 구부리고, 틀고, 맺는다. 수묵화 속 난에서 볼 수 있는 그 힘의 절묘한 안배를 나는 교차로에서 본다. 고가를 타면서 서서히 변하는 시점에 따라 달라지는 풍경들을 보며 나는 흡사 붓끝에 달린 한 점의 먹이 된 것 같은 기분이다. 붓끝이 지나가며 난을 형성하듯, 나의 궤적이 이 교차로를 구성한다.

이형사신以形寫神. 형태를 통해 정신을 드러내는 것이다. 그리고 정신이 드러난 형태는 결코 우연으로 만들어지지 않는다. 한 예술가가 전력을 다한 진정성이 반드시 존재하며, 예술가의 정신뿐만이 아니라 그 정신을 드러내는 논리 또한 자리하는 것이다.

한 폭의 수묵난이 보여주는, 결코 넘치지도 않고 모자라지도 않는 절제된 힘. 그리고 허공에 걸린 고가도로의 고요한 힘. 이 둘은 그런 논리의 결과로서 동일한 원리 위에 있다. 다만 고가도로는 가장 안정된 힘의 바탕 위에서 존재하며 수묵난은 그 안정된 힘 위에 파격을 주면서 존재할 뿐이다.

만약 고가도로가 최대한 기교를 죽이고 졸한 맛을 내는 수묵난의 획을 연상시킨다면 그것은 힘의 안정을 추구하기 때문이다. 그러나 힘의 안정만을 추구한다면 그것은 졸한 맛을 내기 어려울 것이다. 왜냐하면, 졸하다는 것은 역학적으로 최소한으로 최대의 안정을 추구하면서 이루어지는 아름다움이기 때문이다. 대표적인 예가 숫자 3이다. 예로부터 3이라는 숫자는 가장 안정적인 숫자로 인식되어 왔으며, 고대인들은 3을 무척 중요시했다.

삼위일체라는 기독교의 교리도 그렇고, 우리의 삼신 신앙도 그렇다. 일제 강점기에 3·1운동을 주도했던 민족 대표들의 수 역시 천지 사방을 상징하는 4와 여덟 방위를 상징하는 8을 곱해서 32라는 땅의 수를 구성한 다음 하늘을 더해 33인으로 구성되었던 것이다. 그렇게 3이 두 번 겹쳐진 수는 힘의 역학 관계를 넘어 세계를 상징한다. 솟대에 세 마리의 기러기가 놓여 있는 것도 그런 3이라는 숫자가 가진 상징성과 무관하지 않다.

솟대는 한민족에게 있어 장소와 영역을 구분하는 중요한 표상이다. 솟대에 올라 있는 세 마리의 새가 기러기인지 아닌지에 대해서는 여러 이견이 있다. 그러나 내 생각에 그것은 기러기임이 틀림없다.

기러기는 철새로, 계절에 따라 자신의 삶의 터전을 바꾸며 살아간다. 그렇기 때문에 텃새들과 달리 비행의 방향성이 분명하다. 더구나 기러기들의 비행 형태는 먼 여행을 하는 만큼 낙오자들을 방지하기 위해 철저하게 조직적이다. 조직적이라는 것은 조직을 구성하는 구성원들의 가치가 같다는 말이다. 농경 공동체라는 한민족의 삶 속에서 조직적인 형태와 동일한 가치를 가진 기러기라는 새는 공동체적인 이상이자 천지의 방위를 상징한다.

솟대가 천지의 방위를 상징한다는 것은 한민족의 영역 구분이 단순한 경계의 의미를 넘어서 있다는 것을 말해 준다. 그것은 마을의 영역을 구분하는 기능이 아니라 떠나는 사람에게는 여행의 시작을 알리는 길 위의 상징이며, 돌아오는 사람에게는 귀소의 끝을 알리는 둥지의 표식이다. 세 마리의 기러기는 각각 천, 지, 인을 상징하며, 그것은 이 세계를 이루는 가장 중요한 동인動因이다. 따라서 솟대는 땅과 하늘을 관통하는 세계수를 상징하며 그 조화를 뜻한다 할 수 있다. 내가 하늘, 땅과 한 몸이라는 것을 인식하게 하는 것, 그러므로 영역의 구분을 넘어 경계를 지우고 천지간의 조화를 꾀해야 비로소 나의 의미가 밝혀진다는 것을, 떠나는 자에게, 그리고 깃드는 자에게 알리고 있는 것이다.

나는 교차로에서 그런 솟대의 현대적인 기능을 본다. 비록 그 상징성은 사라졌지만 교차로는 나를 긴장하게 한다. 여기인가? 여기가 맞나? 차 안에 탄 사람들이 온통 앞쪽으로 몸을 숙이고 긴장하고 있다. 그 모습이 마치 날아가는 기러기들 같다.

과연 안국동은 어디인가?

얼마 전에 외국에서 오래 살다 귀국한 소설가의 부인과 한국살이와 외국살이에 대해서 이런저런 이야기를 나눌 기회가 있었다. 그 부인은 오랜만에 귀국해서 지인들과 만날 일도 많고, 그러다 보니 자연히 만남의 장소를 정하게 되는데, 그게 참 이상하더란 얘기를 했다.

외국에서는 주로 가로로 모든 지번이 정해지는데 그만큼 그 장소의 한계가 분명하다. 그런데 한국에서는 그 영역이 상당히 모호하더란다. 분명히 안국동에서 만나자고 했는데 안국동의 영역이 불확실하더란 이야기이다. 사람들에게 안국동이 어디냐고 물으면

"여기가 안국동"이란 말은 해도 "안국동이 어디서부터 어디까지다."라고 말해 주는 사람은 하나도 없었다는 것이다.

이상한 것은 모두들 자기가 안국동에 있다는, 장소에 대한 확인은 정확한데 안국동의 영역 구분이 정확한 사람은 하나도 없었다고 한다. 영역의 경계가 모호하다. 안국동과 원서동의 경계가 없다. 그런데도 우리는 원서동과 안국동을 이야기할 때 "거기는 안국동이고, 여기는 원서동이다."라고 분명하게 파악하고 있다. 그렇다면 과연 그 경계는 어디일까?

물론, 행정 구역상의 경계는 분명히 있다. 그러나 우리 가운데 그런 행정 구역상의 경계로 도시의 영역을 구분하는 사람은 아무도 없을 것이다. 원래 우리는 영역을 주로 개천과 개천으로 나누었다. 서양처럼 길로 구분하지 않았다는 말이다. 북한산과 인왕산 줄기에서 서울의 도심으로 흐르던 많은 개천들을 복개한 지금, 영역의 구분이 모호해진 것은 오히려 당연한 일인지도 모른다.

말하자면 '동교동, 서교동' 할 때 그 기준이 되던 '교橋'는 지금의 홍대 지하철역 근처에서 남북으로 흐르는 개천을 건너던 다리였다. 그 다리 동쪽을 동교동, 서쪽을 서교동이라고 불렀던 것이다. 하지만 개천을 기준으로 하지 않은 지명들도 많다. 역시 우리의 영역 경계는 모호하기 짝이 없다.

이런 독특한 지리관 때문에 우리의 도시에서 랜드마크로서 건물이 갖는 의미는 더욱 커진다. 말하자면 "교보문고에서 만나자."라든가, "어느 백화점에서 보자." 하는 식으로 약속 장소를 잡는다. 영역의 경계가 모호하지만 그래도 실수하는 일은 없다. 영역의 경계는 모르지만 장소의 영역은 분명히 알고 있기 때문이다.

우리의 전통적인 지리관에 비추어 볼 때, 현대 건축물이나 솟대, 장승같이 랜드마크로 이용되는 것들의 영역 역시 모호하다. 교보문고 안일 수도 있고, 밖일 수도 있으며, 교보문고 근처일 수도 있다. 그러니 우리 문화가 익숙지 않은 외국인들은 어리둥절할 수밖에 없다. 교보문고 어디란 말인가? 솟대도 그렇다. 솟대가 '소도'라는 절대적인 신성불가침의 영역 표시로 기능했으리라는 짐작은 하지만 그 영역은 알려져 있지 않다. 울타리를 쳐놓은 유적 같은 것도 발견되지 않았다. 우리 옛사람들은 어떻게 알고 울타리도 없이 솟대 하나만 달랑 지키는 그곳을 두려움으로 대했을까? 어찌 우리는 그 상징만으로도 인식 속에서 영역의 이미지가 떠오르는 희한한 뇌구조를 갖고 있는 것일까?

솟대는 둥지로 돌아온다는 깃듦 외에 다른 정신적 존재가 깃든다는 의미도 아울러 가지고 있다. 말하자면 솟대에 깃들어 있는 정신은 어떤 초월적 존재일 수도 있고, 정신적 귀향처의 의미일 수도 있다. 언제나 돌아가서 품에 안길 수 있는 곳. 솟대는 잎 무성한 세계수의 골격이다. 세 마리 새에게 깃들어 있는 세계의 영혼. 그것은 잉태의 이미지이고, 살아있는 몸이다. 우리가 어떻게 영역 없이도 장소의 갈피를 잡는지, 나는 이렇게밖에 이야기하지 못한다.

"그 누구도 끝까지, 인간 내면의 북쪽 극단까지, 이해 가능한 혹은 상상 가능한 최후의 지점까지, 장벽에 부딪힐 때까지 가지 않는다. 나는 무한정 나 자신을 돌아본다. 나 자신을 돌아보고 있는 나를 본다."라고 말한 사람은 폴 발레리이다. 그 북쪽, 북쪽을 향해 기러기가 가을 하늘을 이고 날아간다. 안국동에서 만나자, 끄덕거리며.

부자들은 높은 언덕으로 간다

인간은 선사 이전부터 하늘을 경배해왔다. 천둥과 번개, 비와 바람이 오는 곳은 하늘이기 때문이었다. 그리고 그 모든 조화를 일으키는 절대자는 하늘에서 살고 있다고 믿었다. 따라서 하늘에 살고 있는 절대자는 두려움인 동시에 경배의 대상이었다. 건축의 기원은 그러한 두려움의 현실적인 대응이었고, 인간들은 절대자의 조화인 자연 현상들로부터 자신들을 지키기 위해 집을 지었다.

건축은 즉, 피난처였던 것이다. 그리고 절대자를 경배하기 위해 제단을 만들었다. 때문에 제단은 보다 하늘 가까이, 절대자가 살고 있는 곳으로 다가가야 했다. 하늘에 대한 경배소인 제단은 인간 세상의 다른 것들보다도 우위에 있어야 했고, 절대자가 지상에 깃든 장소이니만큼 성스러워야 했다.

제정이 일치된 사회에서 한 집단의 우두머리는 자신이 신에게 선택받았다고 생각하거나 심지어는 신의 자손이라고 생각했다. 그들은 자신의 지배 권력을 정당화하기 위해 신과 스스로를 동일시하거나 직접 연결시키려 했고, 그렇게 민중들을 가르쳤다. 그 결과, 지상의 인간들 사이에서도 명확한 구분이 생겨나기 시작했다. 지배자들은 신과 같은 위치에 있었으므로 그들의 거주지는 보다 높은 곳에 자리했고, 피지배 계층은 더 아래쪽에 자리하게 되었다.

신이 죽고 자본이 그 자리를 대신하게 된 오늘날에도 상황은 별로 달라지지 않았다. 비버리 힐스라는, 할리우드의 서쪽에 위치한 영화스타들을 비롯한 대부호들의 고급 주택지 이름이 상징하고 있듯이 자본을 가진 자들은 신의 대행자들이 그랬던 것처럼 언덕 쪽으로 이동하고 있다. 우리나라의 평창동도 같은 예로, 부호들의 동네는 항상 번잡한 도심을 떠나서 자리 잡게 되고 그런 이유로 산등성 같은 언덕에 위치한다. 과거에는 보다 신에게 가까이 가기 위해서, 지금은 못 가진 자들과 구별하기 위해서 부자들의 동네는 언덕으로 간다.

우리의 옛 건축들에서도 그러한 건축의 위계질서는 분명하게 보인다. 경주 양동마을에 가면 勿물자형의 산세에 획으로 그어진 산등성이에는 양반의 주거지가 자리하고 그 사이의 골짜기에는 노비들이 거주하게끔 되어 있다. 재미있는 것은 산등성이는 지대가 높아 우물을 파도 물이 나오지 않는 불리한 입지라는 것이다. 그럼에도 불구하고 양반들은 산등성이에 집을 정하고 노비들로 하여금 필요한 물을 골짜기에서 길어 오게 했다. 신분제 사회에서나 가능한 일이라고 생각하겠지만, 오늘날의 자본가들은 노비 대신 막강한 금전력을 이용하여 산등성이 입지의 불리한 조건을 극복해 나간다.

그러나 건축은 언제나 복잡한 상황 속에 존재한다. 단순히 자본의 논리만 적용되는 것은 아니라는 것이다. 오늘날 산등성이에 자리 잡는 부호들의 주거지에도 인류가 끝없이 상상해 오던 신화의 한 부분이 자리하고 있다. 그것은 하늘에 대한 동경이면서 동시에 지상에 대한 동경이다.

인간이 하늘을 동경하는 것은 거기에 절대자가 존재하기 때문이기도 하지만 동시에 더 넓은 지상을 관조하는 절대자의 시선을 느끼기 때문이기도 하다.

파리에 에펠탑이 세워졌을 때, 무수한 반대와 찬사가 따랐지만 에펠탑에 올라가서 파리 시가를 내려다 본 사람들은 모두 충격에 휩싸였다. 이제까지 인간이 그렇게 높은 곳에서 지상을 관조했던 적은 없었기 때문이었다. 비로소 사람들은 도시를 절대자의 시선으로 내려다보게 되었고 모더니즘의, '이제는 신이 아니라 우리가 세계를 기획한다'는 세계 기획이 시작되었다. 모더니스트들은 절대자의 시선을 자기의 것으로 만들어버렸다. 그리고 여기에 남근숭배가 결합하면서 현대도시의 마천루 신화가 이루어진다.

사실 현대의 마천루와 고딕 건축은 많은 유사성을 가지고 있다. 우선 고딕은 신의 세계에 다가가고자 하는 인간의 열망을 건축적으로 구현한다. 그래서 고딕에 있어서 빛은 바로 신성을 상징했다. 저 높은 곳에서 스테인드글라스 창을 통해 뿜어져 나오는 빛은 그대로 중세의 세계관을 압축한다.

스테인드글라스는 색유리를 가리키는 말로, 금속산화물을 녹여 붙이거나, 표면에 안료를 구워서 붙인 색판 유리 조각을 접합시키는 방법으로 채색한 유리판을 가리킨다. 고딕 건축은 이 창을 바탕으로 위대함Magnitudo, 영광스러움Claritas, 조화로움Propotio이라는 신의 속성을 표현하고 있다.

그렇다면 현대의 마천루가 표방하고 있는 것은 무엇일까? 마천루는 신의 위대함 대신 기술의 위대함과 신의 영광스러움 대신 자본의 영광스러움, 신의 조화로움 대신 도심에서의 높은 지가를 효율적으로 극복하는 조화로움을 표현하고 있다. 그리고 그것을 바라보는 모든 이들에게 마천루는 남근숭배의 신화를 들려준다.

물론 그 신화는 다산성과 풍요의 신화보다는 현대라는 경쟁사회 속에서의 성공의 신화를 들려주고 있다. 그리고 마천루의 가장 높은 꼭대기에서 현대 자본의 신화는 고대 신화의 영웅들처럼 도시를 관조하고 있다. 때로는 이카로스Icaros처럼 너무 높이 날아

밀랍으로 만든 날개가 녹아서 추락하는 경우도 있지만 말이다.

실제로 테러리즘에 의해서 무너진 세계무역센터가 사라진 맨해튼의 풍경을 보라. 사람들은 사실 테러에 분노하는 것이 아니라, 어쩌면 신화의 상실에 대해 분노하고 있는지도 모른다. 다이달로스는 경고했다.

"얘야 너무 높이 날아서는 안 된다."

꽃잎 배접무늬 창호지

어릴 때 우리 집은 전형적인 북부형 겹집이었다. 남쪽 지방의 집들은 마루를 중심으로 방들이 이어져 있다. 이를 일컬어 홑집이라 한다. 겹집이란 방들이 위 칸 아래 칸으로 이어져 있는 것을 말한다. 추위를 견디기 위한 방편임은 물론이다. 겹집에서 위 칸의 방들은 매서운 북서풍 바람을 막아주고, 다닥다닥 붙은 방들은 집 안의 온기를 좀처럼 외부로 빼앗기지 않는다.

강원도 북부를 흔히 영북이라고 했는데, 영북의 집들은 추위 때문에 외양간이 아예 부엌에 들어와 있다. 간혹 시골에 놀러가서 부엌문을 열고 안을 들여다보면 할머니가 밥을 짓고, 손자들이 세수를 하고, 소가 김이 무럭무럭 나는 여물을 맛있게 먹는 장면들이 한꺼번에 눈에 들어온다.

우리 집은 중앙동에 있었다. 다른 지역에서도 중앙동은 늘 시내의 중심에 있듯이 우리 집은 속초 시내에서도 한가운데 있었다. 지금 생각하면 어머니는 거의 강박증에 가까울 정도로 집안을 쓸고 닦았다. 겨울날 아침, 저녁의 매서운 추위에도 아랑곳없이 식구들을 밖으로 내몰고 문이란 문은 다 열어젖히고 청소를 시작하셨다. 그리고 청소가 끝나면 형제들을 일렬로 세우고 한 명 한 명, 차례차례 혹 몸에 묻어 있을지 모르는 먼지를 일일이 당신 손으로 털어낸 다음에야 방에 들어가게 했다. 어머니가 집안을 청소하실 동안 형제들은 처마 밑에 모여 해바라기를 하며 고드름을 따 칼싸움도 하고, 공기놀이도 하며 시간을 때웠다.

북부형 겹집이었던 우리 집 문은 당연히 창호지로 바른 전통 살문이었다. 그런데 처마가 짧은 것이 문제였다. 처마가 짧다 보니 당연히 비가 문을 때려, 습도가 높은 여름철을 지내고 나면 창호문에 곰팡이 자국이 여기저기서 보였다. 깔끔하신 어머니가 이걸 그냥 보고 넘기실 리 없었다. 우리 집은 일 년에 두 번 문을 발랐다. 한 번은 겨울을 나고 꽃 피는 봄에, 그리고 여름을 나고 가을 초입에 대대적인 문 갈이를 했다. 집안의 문이란 문은 죄 뜯어서 낡은 창호지를 벗겨내고 문살을 수세미로 깨끗이 씻어냈다. 그리고는 햇볕에 말린 다음 새 창호지를 재단해서 풀을 먹이고 재빨리 문살에 창호지를 붙인다. 그러면 처음에는 약간 울렁대던 창호지가 시간이 지나 풀이 마르고 난 뒤에는 손가락으로 두드리면 쩡쩡 소리가 날 정도로 탄력 있게 된다.

그리고 어머니는 항상 풀이 마르기 전에 그 계절의 꽃을 따서는 꽃잎을 얌전하게 펴서 창호지에 배접을 하셨다. 우리 집에는 봄에는 부용이, 가을에는 국화가 지천이었다. 피어 있는 꽃을 따다 꽃잎을 뜯어 펴서 붙이다 보니 자연히 원래의 꽃잎 수대로 붙이기는 힘들었다. 그렇지만 어머니의 창호지에 붙이는 꽃잎 배접 솜씨는 동네에서 제일 빼어났다. 여름의 작열하는 햇빛이 그대로 창호지를 뚫고 들어올 때면, 봄에 붙인 창호지 배접의 부용은 마치 살아 있는 것처럼 생생하게 그 잎맥들을 다 드러냈다.

해가 잘 들지 않는 북쪽 문에는 문 하나에 두 송이씩 붙였고, 해가 잘 드는 남쪽 문에는 딱 한 송이만 붙였다. 묘하게도 북쪽문의 두 장은 보다 옅은 빛으로 남쪽문의 더 밝은 한 장과 대조를 이루었다. 만약 북쪽 문에 한 장을 붙였다면 어색했을까? 마찬가지로 남쪽 문에 두 장을 붙이는 것도 어색했을 것이다. 어머니께서는 문에 비칠 햇빛의 양과 밝기를 가늠하시고 그렇게 배열하셨다. 우리 집의 창호지문은 여름 내내 그렇게 부용의 밝기로 화사하게 빛났다. 북쪽 창의 두 송이는 문을 더 밝게 했고, 남쪽 창의 딱 한 송이는 더 화사했다.

그리고 가을에는 국화가 어머니의 사랑을 받았다. 어머니는 길고 가느다란 국화잎을 뽑아서 가운데 수술을 중심으로 빙 돌아가며 동심원을 만들었다. 물론 꽃잎의 수는 고작 스무 장 안쪽이었다. 어머니의 국화 배접무늬의 압권은 중심에 놓이는 수술의 처리에 있었다. 수술을 직접 따다가 붙이면 아무래도 배접할 때 볼록하게 그 부분이 나오게 된다. 그래서 어머니께서 생각해내신 게 꽃가루만 묻히는 것이었다. 꽃가루만 묻히면 그 색이 더 선명하고 오래 있어도 빛이 바래지 않았다. 우리 집의 겨울 창호지 문에는 항상 투명한 국화 꽃잎이 눈부시게 빛나고 있었다.

얼마 전 사무실에 누가 꽃을 가지고 들른 일이 있었다. 그런데 그 꽃이 양귀비가 아닌가? 나는 양귀비를 처음 보는 터라서 이게 정말 양귀비냐고 물었더니 그렇다고 했다. 그러나 나중에 알고 보니 그것은 개양귀비였다. 크지 않은 꽃잎에 살구색과 주홍색이 섞여서 처연한 아름다움을 보이고 있는 꽃에 반해서 나는 꽃잎을 몇 장 뜯어냈다. 그리고 내 유년의 봄과 가을에 어머니가 그랬듯이 사무실 입구의 유리문에 트레팔지를 넓게 대고 거기다 뜯어낸 꽃잎을 풀로 붙여 놓았다. 어머니께서 하셨던 것처럼 동심원을 만들지는 못했지만 우윳빛 트레팔지에 여과된 주홍빛 몇 장의 꽃잎으로도 사무실에는 다른 빛이 들어오고 있었다. 계절의 꽃으로 문을 장식했던 어린 날의 추억이 새롭게 생각난다.

율도국 프로젝트

우리나라는 백두산에서부터 지리산까지, 동쪽으로 치우쳐 남으로 뻗은 백두대간의 줄기로 인해 동쪽이 높고 서쪽이 낮은 지형적 특색을 갖고 있다. 이 백두대간에서 뻗은 대다수의 산줄기가 서쪽을 향해 치닫고 있어 동쪽에는 평야지대가 적고, 서쪽에는 그 지세가 약해진 산줄기 사이사이에 평야지대가 잘 발달되어 있다.

또한 서쪽에는 낮은 수심과 섬들이 즐비한 리아스식 해안이 발달했고, 조수간만의 차이가 별로 없는 동해에는 해식애가 형성되었다.나는 이 해식애가 약화되어 얼마간의 평지가 확보된 속초에서 자랐다. 속초는 파도가 모래를 밀어 올려 바다와 분리된 민물

호수인 석호가 많은 곳이다. 그러나 섬은 눈 씻고 찾아봐도 없다. 망망대해. 굳이 바다 한가운데 나가지 않더라도 동해는 해변에서 무한을 느낄 수 있다.

내가 서해를 처음 본 것은 대학을 졸업하고도 한참 후의 일이다. 처음 인천에서 서해를 보았을 때 내 입에서 무심코 흘러나온 말은 "뭐 이런 더러운 바다가 다 있나."였다. 뻘의 냄새, 탁한 바닷물, 이리저리 해변에 뒹굴고 있는 쓰레기와 부유물들이 있는 서해는 바다라기보다는 고인 웅덩이 같았다. 나중에야 서해의 매력을 알게 되었지만 하여간 그때는 서해가 바다에 대한 모욕이라고 생각했다.

그리고 더 시간이 흘러 남해에 갔을 때, 나는 거기서 천국을 보았다. 작렬하는 은빛 바다에 오종종하니 떠 있는 섬들과 그 섬들 사이를 헤치며 유유히 오가는 배들, 그리고 거기서 양식장을 하며 김이나 미역 등을 수확하는 사람들은 나로 하여금 다른 세상에 온 것 같은 착각에 빠지게 했다. 거기서 나는 섬을 처음 보았다. 사람이 섬에 산다는 것도, 그렇게 많은 섬이 한눈에 잡힌다는 사실도 놀라웠다.

무엇보다도 삶이 달랐다. 동해에서 바다에 나간다는 것은 목숨을 거는 일이다. 거기서는 먼 바다로 나가야 하고, 파도와 싸워야 하며, 사냥감들과도 사투를 벌여야 한다. 그러나 남해는 달랐다. 내 눈에 그들은 마치 배를 소처럼 끌고 나가서 밭을 갈듯이 바다를 일구고 양식해서, 때가 되면 그것을 수확하기만 하면 되는 것처럼 보였다.

> 배 지나간 자리에 소 발자국 그득하다
> —함성호, 「섬—남해에서 떡국을 배불리 먹고 주유하다」 중에서

그 풍경이 나에게 얼마나 놀라운 것이었으면 내가 이런 시를 다 썼겠는가. 섬도 정말 커서 소를 끌고 섬에 갔더니, 거기 택시가 다녔다. 휘둥그레진 눈으로 이리저리 사방을 둘러보는 내가 한심했는지, 운전사가 한 마디 했다.

"꼭대기에서 굴러뻔지면, 데굴데굴 굴러서 바다에 퐁당, 빠지부리는 쪼간한 덴 줄 아셨지라잉?"

맞았다. 나는 그렇게 생각했다. 그러나 섬은 얼마나 먼 데인가. 그게 섬에 대한 내 첫인상이었다.

그 후에 섬은 나의 메르헨이 되었다. 길게 어딘지도 모르게 뻗어 있는 철로와 함께 섬은 나에게는 항상 알 수 없는, 그러나 편안한 세계였다. 늘 섬에 가고 싶고, 섬을 생각하면 왠지 느긋해졌다. 섬은, 산봉우리와 산봉우리가 연하여 몽골의 기마병처럼 대군을 이루며 달리는 강원도의 산만 바라보며 자란 나에게, 그리고 그 반대편에는 아무것도 없는 미니멀한 풍경의 동해만 보고 자란 나

에게, 일종의 이국적인 풍경이 되어 주었다. 섬은 봉우리가 얼마나 많은지에 상관없이 내 상상 속에는 홀로 표표히 떠 있는 절대적인 고독이었다.

그래서 섬은 항상 좌절과 희망의 극단적인 상징으로 다가온다. 그 고독은 때로는 이 풍진 세상을 떠나 새로운 세상을 이루고 싶은 희망인 동시에, 떠나고 싶은 이 세상에 대한 좌절의 표현이기도 하다. 세상에 패한 자들이 가는 곳도 섬이요, 세상을 버린 자들이 가는 곳도 섬이다.

바다에 있는 섬은 아니지만 금강 줄기의 죽도에서 대동세상을 꿈꾸던 정여립이 자결했고, 천주학이라는 새로운 질서에 골몰하던 정약전은 박해를 받아 흑산도로 유배당했다. 그런가 하면 윤선도는 정계에서 물러나 보길도에서 자신만의 대정원을 가꾸었다. 거기에서 그는 자신의 꿈을 원림으로 구현했다. 그것은 윤선도의 우주였다. 꿈꾸던 자들이 좌절해서 끌려간 곳도 섬이고, 홍길동처럼 새로운 세상을 꿈꾸는 자들이 찾아간 곳도 섬이다. 섬은 꿈의 좌절이자 새로운 꿈이다.

수만 년 전까지 서해의 해수면은 지금보다 100미터 이상 낮았다. 그러니까 지금 우리가 보는 바다는 육지였다. 서해가 지금처럼 바다가 된 것은 마지막 빙하기가 끝나고 빙하가 녹으면서 해수면이 급격히 상승하게 된 1만 5,000년 전부터이다. 그래서 서해는 수심이 40미터에서 60미터로 아주 낮다. 그리고 덕적도 남쪽, 굴업도 부근에서는 아직도 바다 한가운데서 샘이 솟는다.

대천 지역의 지질을 조사하면 바다에 면한 지역인데도 강이 흘렀던 지형이 나타난다. 그러다 보니 한강 하구 지역에서는 거대한 사구들이 눈에 띈다. 이 또한 하나의 섬이라고 할 수 있다. 대부분 이러한 사구들은 만조 시에는 물에 잠겼다가 썰물 때 나타나곤 하는데, 밀물 때도 잠기지 않는 사구가 있다. 교동과 예성강 하구에 정사초와 김포, 개풍군 조강리 사이에 발달된 사구, 그리고 오두산 통일 전망대와 관산반도 사이에 펼쳐진 사구가 그것이다.

『정전협정의 틈, 유라시아로의 창, 한강하구』를 펴낸 이시우에 의하면 특히 정사초는 대동여지도에도 등장할 만큼 오래 전에 형성된 것으로, 육지와 바다 퇴적물의 영향으로 계속 성장하고 있는 사구이다. 이 사구에 망명국가를 세우려는 건축가가 있다.

사실 한강 하구는 정전협정에 의해 남쪽과 북쪽 그 누구의 땅도 아닌 땅이다. 육지는 휴전선으로 군사분계선이 분명히 그어져 있지만 한강 하구 유역에는 민간인의 출입이 허용된다. 그러니까 지금 한강 하구 유역에 둘러쳐진 철조망은 정전협정에 위배되는 짓이다. 말하자면 한강 하구 유역은 정전협정상 군사분계선도 없고, 비무장지대도 아니며, 민간 선박의 항해가 언제나 가능한 지역이라는 것이다.

이 틈을 뚫고 건축가 조건영은 남쪽의 땅도 아니고, 북쪽의 땅도 아니란 결론을 자의적으로 내린 다음, 밀물 때도 잠기지 않는 사구에다 거대한 인공 섬을 만들어 남북과 별개의 국가로 선포하겠다는 계획을 세웠다. 영 불가능한 계획만은 아니다. 조건영은 그 인공 섬을 지지할 구조 모듈을 이미 오래전에 만들어 놓았다. 정육면체로 이루어진 조건영의 모듈은 그 크기가 얼마가 되든 간에 계속 이어놓기만 하면 어떤 거대한 공간도 지탱할 수 있다. 그렇게 해서 인공 섬을 만들고, 원래 육지였던 서해의 특성을 이용해 지하수를 개발해 식수로 쓴다는 것이다. 그리고 이 분단체제에 염증이 난 사람들과 이것저것 꼴 보기 싫은 사람들을 모아 새로운 국가를 선포한다는 게 건축가 조건영의 계획이다. '율도국 프로젝트'라고 불리는 이 계획은 그 후 우연찮게 반전평화 사진작가 이시우를 만나면서 내 머릿속에서 하나의 그림으로 떠올랐다.

이시우는 한강 하구야말로 오래 전부터 유라시아로 통하는 창이라고 말한다. '유라시아주의'라고 하면, 좁게는 범슬라브 민족주의로 간단히 얘기될 수도 있지만, 넓게는 아시아 전체와 유럽을 들 수 있다. 말하자면 이시우는 서쪽의 NATO와 동쪽의 UN으로 관리하는 미국 중심의 세계질서에 대항하는 새로운 질서로 유라시아주의를 생각하고 있는 것이다. 이러한 관점과 조건영의 '율도국 프로젝트'를 연결하는 것이 내 구상이다.

이시우에 의하면, 만일 한강 하구가 여건이 변하여 서해와 같이 군사분계선을 그어야 하는 분위기로 악화된다면 정사초를 비롯한 나머지 사구들은 사람이 살지 않는 유도보다도 더 위험해질 수 있다고 한다. 왜냐하면 국제 해양법이 유도를 독자적인 영해를 가질 수 있는 섬으로 보지 않기 때문이다. 그렇다면 조건영의 '율도국 프로젝트'는 대단히 위험하다. 그러나 민간인의 출입이 가능한 지역이라는 것이 하나의 가능성이고, 거기에 이 틈을 이용해 어느 쪽에도 치우치지 않는 중립국을 선포한다면 어느 정도 꿈은 꾸어 볼 수 있지 않을까 한다. 꿈꾸는 데 무슨 돈이 드는 것도 아니니 말이다.

그래서 나는 조만간 이 두 프로젝트를 만나게 하여, 전시와 공연을 꾸밀 계획을 세우고 있다. 여기에 문학평론가 김 레베카가 탈 군사주의, 다문화주의, 직접민주제, 즉 참여정치라는 세 요소를 끌어오고, 유라시아의 현악기를 모은 연주회와 이시우의 사진 작업, 조건영의 건축 작업을 동시에 펼치는 것이다.

이 '율도국 프로젝트'를 통해서 적어도 우리는 우리의 분단이 어떤 것인지, 그리고 우리에게 세계란 무엇인지를, 한강 하구라는 지리적 조건에서 다시 생각해 보는 자리를 마련할 수 있을 것이다. 그러나 한편으론 그런 생각도 든다. 나에게 '율도국 선포'는 좌절일까, 꿈일까?

어떤 도시에 살 것인가

밤비행기를 타고 서울에서 제주를 향하다 보면 운이 좋은 맑은 날에는 한반도의 야경을 조감할 수 있는, 그야말로 흔치 않은 기회가 오기도 한다. 밤은 지리를 참 단순하게 만든다. 불빛들이 맑은 샘처럼 모여 있는 곳은 도시이고, 그저 어두컴컴한 것은 산이나 들이다. 그런데 옹덩옹덩 모여 있는 도시의 불빛들은 이상하리만치 가까이 있거나 아니면 길게 이어져 있다. 그렇다. 도시가 계속해서 확장해나가다 보니까 전에는 숲이나 산으로 떨어져 있던 도시들이 이제는 서로 맞닿게 된 것이다. 그만큼 숲이 사라지고 산이 깎여서 평지가 되었다는 이야기일 것이다. 문득 아연해진다. 이

것이야말로 현실인 것이다.

"넓은 벌 동쪽 끝으로 휘돌아 나가"던 실개천은 복개되어 도시 서민을 위한 영구임대 아파트가 들어섰고, "천고에 몇 번쯤은 학이 비껴 날았을 듯한/ 저 능선들"의 잘린 허리에는 4차선 왕복도로가 시원하게 뚫려 있는 것, 그것이 바로 우리가 사는 오늘의 서정이다. 도시가 확장해나가는 속도를 바라볼 때 드는 감정은 거의 공포에 가깝다. 이러다 정말 우리는 삭막한 콘크리트 숲에서 사는 것은 아닐까 하는 걱정들.

바로 그런 무지한 걱정들이 오늘의 한국시詩가 가진 답답함이고, 한국 건축의 수렁이다. 그런 걱정들을 하면서 시인들은 은행 창구에서 주택 청약 부금을 다달이 붓고, 좀 사정이 나은 사람들은 땅 몇 평을 사서 나중에 집값이 오를 것을 기대하면서 되먹지도 않는 집장사 집들을 지어 살며 행복해하고 있다. 그러다 틈이 나면 버릇처럼 훼손된 자연을 보고 짐짓 가슴 아파하며 옳거니, 하고 시의 소재로 아무런 반성 없이 써먹고 있다. 그런 시인들의 시는 대부분 공허하고, 하품난다. 자연은 시의 소재로 써먹을 대상이 아니다. 그것이 바로 주제가 되어야 한다. 자연에 대한 깊은 사유와 철학이 있어야 비로소 자연은 하나의 시가 된다. 그런 사유와 철학이 있는 사람들은 자신의 집에 그것을 투사한다. 결코 투기로 삼지 않는다.

요즘의 초등학생들은 나무나 풀 이름보다는 자동차의 차종에 대해서 더 잘 안다. 이미 그들의 서정은 자연의 그것과는 사뭇 다른 가치를 지니게 되었다는 것이다. 자연에 대해서 깊이 숙고해 온 시인이라면 이 달라진 인공의 서정에 대해서도 깊이 숙고해 보아야 한다. 무조건 자연은 아름답고, 도시는 부정적인 것으로 몰아가서 문화주의적이라거나, 값싼 이미지의 남발이라는 말로 일단의 시들을 치부해 버리는 시인은 자연에 대한 근본적인 숙고가 모자란 시인이다.

도시를 보면 거기에는 뼈아픈 자연의 모습이 있다. 이제는 포스트모더니즘이라는 사조가 한때의 유행처럼 간과되거나 비하하는 의미로 사용되고 있지만 포스트모던의 정신은 아직도 유효하다. 거기에는 도시와 자연의, 전통과 현대의, 모방과 창조의 고통이 있다. 아직도 우리 시詩에서의 도시 이미지는 부정적이지만 이미 20년 전에 우리의 대중가요는 이것을 감싸 안는 용기를 보인 바 있다.

아파트를 "그래도 나에게는 제2의 고향"이라고 노래할 수 있었던 힘이 우리의 시에서는 아직도 보이지 않는다. 그만큼 우리의 시는 대중적 파장을 잃고 있는 것이다. 나무 이름보다 자동차의 차종에 대해 더 잘 알고 있는 세대들이 단순한 자연의 향수에 동감할 리가 없는 것이다. 이 모두 자연에 대한 숙고가 덜된 탓이다.

집에는 사는 사람의 향기가 있어야 한다. 우리의 도시가 하나의 공포로 생각되는 이유는 사람들이 살 집을 짓는 것이 아니라 투기의 대상을 짓기 때문이다. 이제 집은 투기의 대상이 아니라 비용의 문제로 생각해야 한다. 꼭 건축가가 아니더라도 사람들은 누구나 자신이 살 집을 설계하고 있다. 그런데 정작 기회가 오면 그들은 금방 그 생각들을 잃어버리고 만다. 건축가는 교육자여야 한다. 어느 정도는 계몽주의적인 입장에 있으면서도 어느 정도는 건축주의 생각을 잘 듣고 있는 상담자가 되어야 한다. 그런 만큼 건축가는 살 사람의 향기와 사고를 집에 반영해야 할 책임이 있다.

조선시대의 사대부들은 자신의 성리학적 이상을 집에 구현하고자 애썼다. 담양의 소쇄원은 그 집 주인인 양사헌의 자연관을 그대로 드러내주고 있다. 하다못해 허름한 국민주택 규모의 아파트라도 걸려 있는 그림 한 점이나, 놓여 있는 가구로 나는 그 집 주인의 생각을 알 수 있다. 그리고 그 집의 주인이 문인이라면 그의 글이 진짜인지 가짜인지 더더욱 잘 알 수 있다.

집은 자신의 사고와 같다. 자신의 생각을 투기의 대상으로 삼는다는 문인을 나는 본 적이 없다. 그런데 우리의 잘못된 자본주의의 관행에 의해 많은 지식인들이 자신의 집을 서슴지 않고 투기의 대상으로 삼는다. 투기의 대상으로는 삼지 않는 경우라 하더라도 집 장사의 집과 그렇지 않은 집을 구분조차 하지 못한다. 이 무지가 부지불식간에 자신의 집을 투기의 대상으로 만들어 버린다.

말로는 「세한도」의 정신 운운하지만 정작 그 정신과 자신의 집이 어떻게 연관되는지 연결시키는 데는 전적으로 무지하다. 시에서는 자연을 예찬하고 이 비극적인 문명에 대해 일갈하지만 자신의 집에서는 그런 반성 하나 보이지 않고 오히려 집값의 시세와 그 차액에 만족하고 있는 것이 오늘날 우리 지식인들의 초상이다.

한국의 지식인들은 자신들의 울타리 안에 갇혀 있다. 철학자들은 철학의 문제에 갇혀 있고, 문학인들은 문학의 문제에만 갇혀 있다. 그 안에 문제가 있을 리 없다. 문제의식이 없는 지식이 어떻게 '독한 회의'를 구할 수 있겠는가? 시를 기능으로 쓰는 시인들이 있듯이 모든 지식이 한국에서는 기능의 문제로 국한된다. 자생적인 이론은 검증되지 않았다 해서 죽이고, 수입된 이론은 검증의 과정 없이 기존의 텍스트라는 이유로 묵인되는, 이렇게 장난감만 가지고 보는 자폐적 상태가 우리의 모습이다. 결국 우리 사회가 이렇게 기형적일 수밖에 없는 이유가 어디 다른 데 있는 것이 아니다.

정당한 자본주의의 방식으로 자본을 증식하는 길은 얼마든지 있다. 그런 방법들을 일부러 피하라는 말은 아니다. 단지 집을 통해 그것을 추구하는 것은 정당하지 못하다는 것이다. 특히 자신과 그 딸과 아들이, 그 아들과 딸들이 사는 집이라면 적어도 그 집은 재화의 가치를 떠나서 존재한다. "넓은 벌 동쪽 끝"이 보이는 집은 아니라도, 지루한 창의 반복이 연속되는 거대한 벽의 숲들이라도 거기에는 우리가 모르는 우리 아이들의 미래와 기억이 함께 한다. 구로의 공장지대에는 아이들이 나사못을 가지고 나사못 따먹기 놀이를 하며 놀고, 바닷가 마을의 아이들은 누가 더 오래 잠수를 하는지를 두고 논다. 이런 것들 모두 우리의 소중한 기억이다. 집은 이런 기억들을 저장하고 있는 소중한 보물 창고이다.

그것이 도심이든 전원이든 간에 자신의 정신과 집을 일치시킬 수 있는 연결 고리만 있다면 우리의 자연은 전원주택을 탐하는 인간들의 욕심에 의해서 더 이상 모욕당하지 않을 것이며, 도시는 더 따뜻한 모습이 될 것이다.

새벽 창밖의 어둠 속으로
가로등 불빛이 포도 알처럼 흩어져 있다
초저녁보다 훨씬 정숙해지고
무거워진 어둠을 뚫고
불빛은 두텁고 축축해져 있다
배경이 짙어질수록
스스로의 무게로 고개 숙이는
가로등 불빛을 품고 있는
사람의 동네가 가을 과수원 같다
–조창환, 「사람의 동네」

농촌의 풍경은 사람이 만든 것이다. 거기에는 자연의 혹독한 얼굴을 제거한 따뜻한 인공이 있다. 도시는 그것보다 더 폭력적으로 자연의 차가움을 강압하고 있지만 이 시인은 그 차가움을 끌어안아 더 따뜻한 온도를 마련해 주고 있다.

모든 선입견과 고정관념을 버리고 다시 한 번 이 도시를 들여다보라. 정말 탐미적으로, 탐미주의자의 시선으로. 그러면 이 도시가 얼마나 아름다운 것인지 알 수 있게 될 것이다. 그리고 그 속에 있는 우리의 집도 얼마든지 아름다운 것이 될 수 있다는 것을 알 수 있을 것이다. '어떤 집에서 살 것인가?', '어떤 곳에서 살 것인가?'의 문제는 결코 '어떤 시를 쓸 것인가?'의 문제와 다르지 않다.

© David Hepworth

무한의 깊이

영국에서 처음 지하철이 만들어졌을 때 지하철 개발자들은 창을 만들지 않았다. 지하로만 다니는 기차니까 볼 게 아무것도 없다는 생각에서였다. 지금 우리의 상식으로서는 황당한 것처럼 여겨지지만 생각해 보면 그럴 수 있겠다는 생각이 든다. 그러나 사람들은 꽉 막힌 지하철을 못 견뎌했다. 그래서 개발자들은 다시 창을 만들었다. 물론 창을 통해 보이는 것은 다시 답답한 콘크리트 벽이었다. 얼핏 생각해 보면 뚫어도 그만 안 뚫어도 그만이었다. 그러나 사람들은 창밖으로, 그게 어떤 풍경이든 '보인다'는 사실에 비로소 안도감을 느꼈다.

그렇다면 과연 사람들은 창으로부터 1미터 떨어진 콘크리트 벽으로 이루어진 풍경을 원했던 것일까? 그렇지 않다. 우리는 사실 창문을 통해 바깥의 풍경을 보는 것이 아니라 풍경 너머를 보고 있다. 만약 그렇지 않다면 지하철에 창을 내는 해결책은 수포로 돌아갔을 것이다. 우리는 흔히 창문의 기능을 풍경을 내다보는 것이나 실내 환기라고 생각한다. 그러나 창문은 훨씬 근본적인 역할을 담당한다. 창은 인간의 시선을 어떤 구체적인 풍경에 고정시키는 것이 아니라 풍경 너머로 가 있게 한다. 그래서 우리는 창을 통해 스스로의 상념을 보게 되는 것이다. 창을 열고 멍하니 서서 바깥을 바라보는 사람들은 창이라는 물리적인 장치를 통해 자신의 바깥을 보고 있는 것이다.

지금은 창문이 모두 유리로 만들어져 추운 날씨에도 영향을 받지 않고 풍경을 감상할 수 있다. 그러나 나는 창호지로 바른 우리의 전통 창을 좋아한다. 원하지 않아도 풍경이 수시로 눈치채이는 유리창보다는 다른 일에 골몰하다가 정말 나의 바깥을 보고 싶을 때 활짝 열어젖히고 풍경을 바라보는 창호지 문이 훨씬 새삼스러운 자극을 주기 때문이다. 물론 창문 자체의 기능으로 보면 유리창이 창호지 창보다 훨씬 적극적으로 풍경을 받아들이고 있지만 풍경을 보고자 하는 나의 의지로 볼 때는 창호지 창이 훨씬 적극적이다.

바깥의 풍경이 항상 존재할 때 그 풍경은 일상이 되어 나를 제대로 환기시키지 못한다. 그러나 내가 문을 젖히고 바깥을 바라볼 때 풍경은 늘 새로운 풍경이 된다. 거기에는 내가 골몰하던 나의 문제가 어느덧 내 안을 떠나 나의 바깥에서 객관적으로 존재한다.

창은 일종의 깊은 거울이다. 자신의 얼굴을 바라볼 때의 사람은 진지하다. 혼잡한 도심에서 버스가 서로 엇갈리며 지나치는 순간, 반대편 버스 안에서 이쪽을 바라보는 시선을 느끼고 돌아봤을 때 나는 가끔 유리창에 비친 자신을 바라보는 눈길과 만난다. 그 시선은 이쪽 버스의 어디에도 들어와 있지 않다. 단지 얇은 유리창에서 무한한 깊이로 정지해 있다. 그 사람은 그 얇은 무한에 비친 자신의 얼굴을 대면하고 있는 것이다. 그 창문에는 나 이외의 풍경은 모두 사라지고 없다. 그런 순간에 인간은 정말 진지하다.

앞에서 내 이야기를 듣는 사람의 눈이 나를 관통하고 있다는 느낌을 받을 때가 있다. 그럴 땐 반드시 내 등 뒤에 거울이 있었다. 나는 자신을 바라보는 사람들의 시선에 놀란다. 우리가 항상 자신을 바라보듯이 남을 바라볼 수 있다면 세상 사람들은 모두 사랑에 빠져 물외物外를 이룰 수 있을 것이다.

창을 열고 무한한 풍경을 응시하고 있는 사람의 눈과 거울 앞에서 자신을 바라보는 사람의 눈은 닮아 있다. 창에는 풍경이 드나들고 문으로는 사람이 드나든다. 창과 문의 구별이 없는 우리의 전통 집은 창으로 풍경뿐만이 아니라 사람도 드나들게끔 만들어져 있다. 문을 열고 바깥을 보다가 문득 배롱나무가 달라진 것을 보고 냉큼 창을 넘어 마당에 나가 꽃을 보며 여름이 온 것을 아는 것이다.

어린 시절, 어머니가 활짝 핀 부용과 국화를 창호지 배접했던 창문은 나에게 있어 완전한 정원이었다. 물론 문을 열면 더 화려한 꽃밭이 울울했지만, 나는 그때 어떤 무한을 본 것일까? 창을 열면 거기에는 햇빛을 받아 환하게 빛나는 마당이 눈부시게 존재했다.

그렇게 나는 늘 풍경과 풍경을 바라보는 나 사이에서 갈등했나 보다. 아름다운 풍경을 바라보며 내가 저 풍경 속으로 뛰어들고 싶다는 욕구는 누구나 일으키는 생각일 것이다. 그러나 정작 내가 그 풍경 속으로 다가갔을 때 그만 풍경은 나를 떠나고 만다. 어떻게 풍경을 잃지 않고 풍경 속에 있을 수 있을까?

창을 열고, 나는 그리운 풍경 속으로 발을 내딛는다. 순간 나는 마당에서 풍경을 잃고 혼자 고독하게 서 있는 스스로를 발견한다. 나의 내면이 이렇게 적막한 것이었다니. 남쪽 정원에는 부용이 있고, 서쪽 정원에는 국화가 피어 있지만 계절이 나를 휩싸고 도는 마당 한가운데서 나는 깊은 고독 속에 홀로 던져져 있다. 마당은 단단한 마사토로 굳게 다져져 있고, 반듯한 방형으로 네 귀는 각각 계절의 중심에 던져져 있다. 햇빛은 폭사되어 마당에는 나와 내 그림자뿐이다.

우리 옛집에는 항상 긴 처마가 드리워져 있는데 이 처마는 여름에는 햇빛이 집안으로 들어오는 것을 차단하고 겨울에는 태양의 남중고도가 낮아지므로 햇빛을 집안으로 깊이 끌어들이게 계획되었다. 그래서 옛집의 처마는 깊다. 깊은 만큼 태양의 남중고도가 높아지는 여름철에는 자칫 집안이 어두울 수가 있다. 그것을 해결하기 위해서 마당은 깨끗하게 비워둔다. 햇빛이 마당에 반사되어 집 안을 밝히기 때문이다.

나무나 꽃들은 항상 그렇게 비워둔 마당의 가장 자리에 심어둔다. 잔디가 깔린 마당을 생각하며 그림 같은 집을 꿈꾸는 사람들도 있겠지만 마당은 정갈하게 비워 두면 둘수록 좋다. 풍경 속에서 풍경을 잃지 않는 유일한 방법은 풍경을 내면화하는 것이다. 하얗게 비워진 마당에 내려서서 풍경을 바라보던 스스로의 시선을 찾아가는 아주 짧은 여행.

종묘의 마당에는 그런 비움이 있다. 종묘는 우리 건축사에서는 드물게 긴 집이다. 길이가 100미터가 넘는다. 역대 왕들의 신위를 모신 곳이라서 종묘에는 사람의 길과 귀신들의 길이 따로 만들어져 있다. 100미터가 넘는 건물이니 자연히 마당도 길다. 자연석을 다듬어 마당 전체를 덮었다. 그래서 종묘의 마당은 한여름과 한겨울의 풍경이 동일하다. 한여름에는 햇빛에 반사되어 종묘의 마당은 극도의 추상성으로 빛난다. 한겨울에는 지붕도 마당도 흰 눈으로 뒤덮여 줄지어 서 있는 열주들이 마당에서부터 지붕으로 단층작용을 일으킨 것 같은 착각마저 든다. 마당이라는 물리적 실체가 추상화되어 종묘는 집이라는 물성을 잃어버리고 있다. 종묘는 죽은 자들의 집이다. 종묘의 마당은 저 깊은 죽음의 세계를 추상적으로 구현하고 있다.

어릴 적 내가 살던 집에는 안마당과 뒤란이라고 불리는 마당이 따로 있었다. 안마당은 햇빛 잘 드는 남쪽에 있어 넓었고, 뒤란은 북쪽에 있어 항상 집보다 높았고 깊었다. 나는 언제나 넓고 햇볕 잘 드는 안마당보다 뒤란을 좋아했다. 안마당에는 아무것도 없었지만 뒤란에는 넓은 정원이 있었다. 뒤란은 햇빛이 잘 안 들었지만 계단식으로 되어 있어 조금 위쪽으로는 안마당 못지않은 밝은 볕이 들었다. 거기에는 계절마다 꽃이 피었고, 봄에는 딸기도 열리고, 간혹 심지도 않은 개똥참외도 맛볼 수 있었다.

나는 꽃들이 만발한 정원에 누워 잠을 자거나 나무에 올라가서 깜박 졸곤 했다. 겨울에는 햇볕 잘 드는 안마당에서 놀았다. 그때 처마 밑에서 형제들과 해바라기를 하며 바라본 겨울의 마당은 좀체 지워지지 않는 강렬한 이미지로 남아 있다. 나는 후에 종묘의 마당에서 좀 더 충격적으로 그 마당과 마주했다. 나는 왜 환한 여름과 겨울의 마당에서 죽음을 보았던 것일까? 넋을 놓고 바라보던 그 마당이 혼자라는 최초의 느낌을 지우면서도 각인시켰다. 나는 뒤란의 정원에서 자라는 수양버들처럼 눈부시게 환한 마당에서 혼자 자라고 있었다.

그 유년의 마당을 떠난 이후 나는 한 번도 마당이 있는 집에서 살아보지 못했다. 언제나 풍경들은 너무 멀었고, 나는 너무 쉽게 풍경에 등 돌렸다. 그러나 어린 시절 나는 마당에 내려설 때마다 성장했다. 빈 마당에 서서, 혹은 처마 밑에서, 따뜻한 회벽에 등을 기대고 서서 바라보던 아름답고 적막했던 풍경들. 나는 그 풍경들이 나를 키웠다는 것을 이제 안다. 마당 한 가운데서 높은 하늘을 올려다보면 내가 하늘과 땅 사이에 있음을 알게 된다. 그 무한의 깊이를 가늠해 볼 수 있다는 것은 참 행복한 일이 아닌가?

어떤 집에서 살고 싶으세요?

건축 일을 10년 넘게 해오면서 느끼는 참 이상한 일이 한 가지 있다. 건축설계 일이라는 게 크게 나누면 두 가지이다. 하나는 주택 일이고 다른 하나는 주택 일이 아닌 것. 그중에 주택 일이 아닌 것에는 크고 작은 빌딩에서부터 시작해서 문화회관이나 구청 신축과 같은 관官과 연결된 일도 포함되어 있다. 그런 일들은 주택 일보다 더 복잡한 프로그램을 갖고 있지만 불특정 다수를 대상으로 하기 때문에 오히려(사실은 오류인지도 모르는) 일반적인 이해를 바탕으로 작업이 시작된다. 그런 일들의 해법은 대부분 도시라는 거대한 문맥 속에서 찾을 수 있으며, 사용자에 대한 예측은 수치적으로 분석된다.

그에 반해 주택 일은 가족 구성원들의 연령이나 성별 등이 명확해서 더 손쉬워 보이지만 의외의 변수가 더 복잡하게 얽혀 있다. 가족 구성원의 취향과 집을 이용하는 개성들이 천차만별인 까닭이다. 그래서 주택 일은 훨씬 더 정교한 작업이 되고, 그 집이 놓이는 장소의 풍향과 빛의 세기, 습도 등의 환경적 요인은 말할 것도 없고, 가족 구성원의 직업, 취미, 성격, 지금 사용하는 가구의 목록부터 앞으로 사용할 가구들, 심지어는 고부간의 갈등까지도 은밀히 조사가 되어야 한다.

그리고 그 이상한 일은 여기서부터 생긴다. 사람이 자기 집을 짓는 기회는 사실, 평생에 딱 한 번 있을까 말까 하다. 그런 만큼 설계 사무실에 자기가 살 집을 의뢰하러 오는 분들은 많은 꿈을 가지고 오기 마련이다. 어느덧 사람들에게는 집을 짓는다는 것이 아주 낯선 행위가 되었지만, 생각해 보면 우리는 아주 어렸을 때부터 자기 집을 갖는, 정확히는 짓는 꿈을 꾸었다.

그런데, 이제 반백의 나이에 그 꿈을 이루려고 하는 대다수의 의뢰인들과 마주해 이야기를 나누다 보면 의외로 그들이 자기가 살 집에 아무런 생각이 없다는 데 놀라게 된다. 그런데 더 놀라운 것은 그런 의뢰인들이 쏟아 붓는 말의 양이다. 물론 모두 자기가 살 집에 대한 이야기들이다. 그러나 그 이야기들을 가만히 들어보면 그 사람이 하고 있는 이야기들은 자신이 살고 싶은 집 이야기가 아니라 다 남이 살고 있는 집 이야기이다.

계단은 이렇게 해 주세요, 지붕은 저렇게요, 꼭 외벽은 돌로 붙여 주세요, 하면서 흡사 자신의 취향을 말하는 것 같지만 사실 가만히 따져 보면 그런 취향들은 모두 매스미디어에 의해 훈련받은 유행임이 분명히 드러난다. 그 취향의 질을 따지고 있는 것은 아니다. 보다 더 중요한 것은, 여기 저기 잡지에서 이런저런 건축 정보들을 꼼꼼히 스크랩하고, 원하는 집의 분위기까지 모아온 그가 정작, 어떤 집에서 살기를 원하는지 나에게 알려 주지 않는다는 것이다. 그럴듯한 분위기의 거실이나 샹들리에에 대한 얘기가 아니다. "간단한 집에서 살고 싶어요.", "계단이 많은 집에서요.", "아주 밝은 집을 원합니다."와 같은 이런 정도의 생각이 그렇게 어려운 것이라고 나는 생각하지 않는다. 사실 그런 대답이 어려운 게 아니라, 많은 사람들이 그런 평범한 바람을 집과, 그리고 건축과 연결하지 못하고 있는 것이다. 그리고 그런 현상은 찾아오는 의뢰인들의 지적 수준과도 아무런 상관없이 동일하게 나타난다.

우리의 옛집을 보면 그런 아쉬움은 더 커진다. 자신의 지식이 자신의 집과 삶과 예술과 유리되지 않고 그대로 연결되는 조선 반가, 그 집에 배어 있는 사상들이 오히려 경이로울 지경이다. 당연한 건데도 말이다. 당시는 성리학의 엘리트들이 건축주이자 건축가였으니 그랬다고 한다 해도, 지금이라고 왜 그렇게 하지 못하겠는가?

자기가 살 집의 뼈대가 되는 생각은 자신이 가지고 있어야 한다. 물론 주택을 제외한 경우는 좀 다르다. 그렇지만 주택에서는 자기가 원하는 집이 있어야 한다. 그렇지 않으면 자칫 그 집은 건축주의 집이 아니라 건축가의 집이 되고 만다. 여기저기서 건축에 관한 자료들을 모으고 정리해서 공부하는 것도 필요하지만 무엇보다 자기의 욕망을 분명하게 알아야 한다. 그것이 사회적으로 그릇된 것이든 올바른 것이든 그것이 자기 것이면 된다. 자기가 욕망하는 것이 자기 것이 아닐 때, 집은 괴물이 된다. 그 수많은 공부가 도로 나무아미타불이 될 수가 있다.

잡지에서 오린 여러 가지 양식들, 신문에 난 친환경 기사들, 전통건축에 대한 정보들, 이런 것들을 가지고 온 건축주에게 나는 실제로 그가 원하는 대로 그림을 그려 준 적이 있었다. 그림이 다 되었으니 만나자는 내 말에 한 걸음에 달려 온 그는 전화를 받은 어젯밤 한숨도 못 잤다고 했다. 나는 기대에 차 설레는 그에게 몇 장의 그림을 보여 주었다. 그가 원하는 모든 것들이 거기에 구현되어 있었다. 그도 그렇게 오랫동안 원했던 모든 것들이 분명 거기에 다 있다는 것을 확인했다. 그렇게 오랫동안 꾸었던 꿈, 그 꿈의 얼굴은 괴물이었다.

도시의 아름다움과 자연스러움

도시 경관을 결정하는 요소는 수없이 많다. 그중 가장 먼저 다가오면서도 잘 인식되지 않는 요소가 바로 스카이라인이다. 스카이라인이란 하늘과 맞닿은 것처럼 보이는, 산이나 건물 따위의 윤곽선을 말한다. 도시에 대한 인상 중에서 가장 피부에 와 닿는 것이 아름다운 건물과 잘 꾸며진 가로 풍경이고, 스카이라인은 그런 인상으로 평가되는 관념적인 판단일 경우가 많다. 외국여행을 하고 돌아온 많은 분들이 파리는 참 편안한 도시라고 얘기한다. 건축물도 아름답고, 도시 곳곳에 쉴 곳도 많다고 입을 모은다. 그러나 얘기를 다 듣고 나도 왜 편안했는지 알 수가 없는 경우가 왕왕 있다. 파리를 편안하게 느꼈음에도 불구하고 그 까닭은 제대로 인식하지 못했던 것이다.

한 도시를 편안하게 느꼈다는 것은 '도시=삭막함'의 등식을 안고 있는 우리에게는 사실 대단히 생경한 말이다. '편안한 마을'은 얼마든지 가능하지만 '편안한 도시'라는 말은 어쩐지 잘못 쓴 표현 같아 보인다. 그럼에도 불구하고 도시가 편안해 보였다는 그의 말에는 그가 인식했든 아니든 그 도시의 스카이라인에 대한 지적이 스며 있다는 것을 의미한다. 아름다운 건축물이나 잘 꾸며진 가로 경관도 물론 다 좋았겠지만, 느낌이 있는 도시는 대부분 건축물들이 알맞은 높이를 가지고 가로와 조응하기 때문이다. 그래서 좋은 도시는 내가 거대한 빌딩 군에 싸여 있다든가, 아니면 엄청난 도로망에 걸려 있는 도시의 먹이 같다는 인상을 주지 않는다. 아름답고도 편안하게, 혹은 누추하더라도 편안함을 주는 도시는 좋은 도시이다.

흔히들 스카이라인이 아름답다고 얘기하곤 하는데, 그것은 틀린 말이다. 도시의 스카이라인이라는 것은 형체가 있는 것이 아니다. 하늘과 가로의 건물 군이 맞닿는 선은, 엄밀히 얘기해서 건축적 의미가 없다. 건물이 들쑥날쑥하고, 너무 높은 건물들만 즐비한 것은 물론 문제겠지만 도시 경관에 있어 스카이라인의 문제는 그것들보다 훨씬 근본적이다.

이를테면, 파리의 중심가로인 샹젤리제 거리의 건물들에는 개선문의 높이를 기준으로 일정한 높이 규제가 가해진다. 이러한 규제는 단순히 건물의 높이를 제한함으로써 개선문이라는 역사적 유물을 보존하려는 의도로 보이지만 그 효과는 의도 이상이다. 단적으로 말해, 도시의 스카이라인은 단순히 건물의 높이를 규제하는 것으로써 이루어지는 것이 아니라, 건물의 높이를 규제하는 기준이 무엇이냐는 것으로 이루어진다. 샹젤리제 거리의 스카이라인은 건물의 높이에 의해서가 아니라, 개선문이라는 주제에 의해서 만들어지는 것이다. 이런 주제가 없이 단순히 답답하니까 하늘이 보여야 한다는 논리를 펴면서 스카이라인 운운하는 것은 위험한 발상이 아닐 수 없다. 청계천 복원 때 거론되었던, 청계천에서 서울의 산들이 조망되도록 건물의 높이를 규제해야 한다는 안은 위험천만한 발상이다.

서울의 산들의 높이는 북악산 342미터, 인왕산 338미터, 남산 262미터, 낙산 110미터로, 가장 낮은 낙산인 경우, 서울의 해발 표고를 제외하면 20층 이하의 높이밖에 되지 않는다. 서울 같은 과밀도시에서 청계천변에서 산을 보겠다고 주변 건물들의 키를 10층 이하로 규제해야 한다고 주장하는 것은 난센스다. 서울은 분지다. 종로를 중심으로 한 널따란 평지에 자리 잡고 있는 것이 서울이다. 물론 도심에서도 주변의 산들을 모두 느낄 수 있다면 더할 나위 없겠지만 지금 우리의 도시는 그것을 허용할 만큼 만만하지 않다. 이미 일제에 의해서 우리의 전통적인 도시 형태는 무너진 상태고, 한

국전쟁과 도시화로 인한 인구과밀로 서울은 완전히 무계획한 도시가 되고 말았다.

그러나 그런 무계획한 도시로서의 서울이 마냥 부정적인 것만은 아니다. 서울의 지금 모습은 서구의 도시처럼 정확히 예측되고 계획된 것은 아니지만 거기에는 한국사회의 발전과 그 맥을 같이 하는 자생성이 분명히 있다. 말하자면 사회 구성원의 욕구가 반드시 개입되어 있다는 것이다. 그 욕구를 떠나서는 어떤 도시도 성립될 수 없다. 잘 계획된 도시는 그런 자생성의 폭을 넓혀 주면서 성장한다.

그런 의미에서 서울의 스카이라인이 아름답다, 아니다 하는 것은 큰 의미가 없다. 먼저, 현실에 대한 긍정부터 있어야 한다. 서울이 아름답지 않다고 생각한다면, 서울은 전면적인 파괴를 전제하지 않고는 개선될 수 없다. 그러나 우리가 우리의 현실에 대한 긍정을 전제로 한다면 서울은 적은 비용으로 얼마든지 더 아름답게 개선될 수 있다. 앞서도 말했지만 서울에 위치한 건물의 높이를 가지고 개선책이나 해결책을 논하는 것은 불필요한 일이다.

건물의 높이가 아니라 건물의 건축적 내용에서부터 시작해야 한다. 만약 청계천변이 새롭게 복원된다면 그것이 서울이라는 고도와 어떤 관계를 가지느냐하는 것에서부터, 새롭게 지어질 건물들과 청계천의 관계, 청계천의 과거까지 면밀한 검토가 이루어져야 할 것이다. 그리고 그런 관계들로부터 청계천변의 스카이라인은 형성될 것이다. 스카이라인을 꼭 하늘과 건물이 맞닿는 공제선으로 한정 지을 필요는 없다. 그것은 청계천과 종로가, 그리고 창덕궁이 어떻게 느껴지느냐에 따르는 것일 수 있다. 도시의 느낌. 그것을 가능하게 하는 도시의 주제. 그것이 도시의 활력이고 스카이라인이다.

도시의 스카이라인은 이 주제를 발견해서 도시에 스토리를 만들어 나가는 것이다. 그래서 도시의 스카이라인은 무형의 것이므로 아름다운 것이 아니라 편안한 것이고, 도시의 이야기를 스스로 그렇게 만들어 나간다는 의미에서 자연스러운 것이다.

트레필의 지적처럼 도시는 살아남을 것이다. 도시화가 급격하게 진행되던 시절에도 많은 사람들이 한적한 시골에 살고자 남았듯, 요즘처럼 전원을 찾는 사람들이 급증해도 사람들은 여전히 도시에 살고 싶어 할 것이다. 왜냐하면 도시에는 특유의 생동감, 자유로움이 있기 때문이다. 그 도시에 생동감을 주는 것은 우리가 도시의 스토리를 어떻게 짜 나가느냐에 있다. 그리고 그것이 도시의 스카이라인을 결정하는 처음임은 두말할 것도 없을 것이다.

ⓒ김현웅

서울이 아름다운 이유

시인 이갑수는 "신은 시골을 만들었고 인간은 도회를 건설했다"고 노래했지만 사실 시골 역시 인간이 만든 풍경이다. 정확히는 신은 자연을 만들었고, 인간은 도시를 만들었다. 도시는 산업혁명 이후의 산물이라고 하지만 실질적으로 도시는 이미 인간이 농경을 시작할 때부터 존재했다. 신이 만든 자연에 보습을 대면서부터 인간은 신의 창조물에 흠집을 냈다. 인간이 신에게 낸 상처가 얼마나 깊은 것이었나, 하는 것은 구약을 보면 잘 나온다.

신은 유목민인 아벨의 제물은 잘 받았지만 농부인 카인의 제물은 받지 않았다. 농경민에 대한 신의 거부로 말미암아 인류 최초의 살인이 일어나게 됨은 다 아는 사실이다. 인간이 농경을 시작하면서부터 자연의 모습은 유례없는 변모를 겪게 된다. 숲이 사라지고, 땅은 갈아엎어지고, 토질이 변화된다. 신이 농부인 카인의 제물을 받아들이지 않은 것에는 자연 훼손자인 농부에 대한 응징의 의미가 있다.

산업화 이후의 도시는 그 이전 시대의 농촌보다 더 복잡해지고 위험해졌지만 자연에 대한 모독이라는 점에서 농경사회의 연장선 위에 있다고 봐야 한다. 그렇다면 우리가 도시에 살면서 시골의 풍경을 그리워한다는 것은 무엇일까? 우리는 정말 자연을 그리워하는 것인가? 아니면 덜 복잡한 풍경을 그리워하는 것인가?

아마도 그것은 외부의 풍경의 문제가 아닐 것이다. 그것은 보다 정밀한 내면의 차이다. 도시는 조직적으로 인간의 행동을 통제한다. 그 통제 속에서 개인은 주체를 상실하기가 쉽다. 조직을 이루는 하나의 요소로서 살고 또 그래야 한다. 그러나 시골은 보다 더 느슨하고 이것과 저것의 연결고리가 훨씬 덜 견고하다. 거기에서 우리가 느끼는 것은 온전히 나에 귀속된 나 자신이다.

작은 텃밭과 넘실대는 들판들은 모두 신이 만든 자연에 대한 훼손이지만 거기에서 우리는 거대한 조직 속에 있는 하나의 요소로서의 내가 아니라 삶의 주체로서의 나를 느낀다. 우리는 시골의 풍경 속에서 나를 찾는 것이 아니라 그 느슨한 관계 속에 놓인 나를 인식함으로 해서 자유로워진다.

그렇다면 도시에서는 어떤가? 가만히 우리의 도시를 들여다 보자. 그러면 거기에도 시골에 있는 모든 것들이 있음을 알 수 있게 된다. 언제나 구름이 흐르고, 달이 뜨고 지는 광대한 하늘이 있고, 먼 산들이 있으며 강이 있다. 언제나 배산임수의 풍수지리적 원칙에 입각해서 도시를 계획했던 우리는 이미 자연의 중요한 요소들을 도시의 원칙에 깔고 있었던 것이다.

그래서 서울은 다른 나라의 대도시와 달리 더 풍요롭다. 서울의 배경이 되는 북한산의 줄기들과 그 앞에 유유히 흐르고 있는 거대한 한강, 그리고 그 둘 사이에는 한강과는 반대로 흐르는 청계천이 자리하고 있다.

누구나 서울을 사랑하는 이유가 있겠지만 나 같은 경우에는 한강 때문에 서울을 사랑한다. 물론 한강 하나만 뚝 떼어놓고 생각할 수는 없다. 그렇지만 나에게 있어 한강은 말 그대로 하나의 숨통이다. 한강을 매일 보기 위해 집은 강북에 직장은 강남에 두는 원칙을 직장을 다니는 내내 지켜왔다. 버스 안에서 많이 졸기도 하지만 졸다가 문득 눈을 뜨면 한강의 도도한 물줄기가 한눈에 펼쳐졌다. 그러면 나는 눈을 뜨고 꿈을 꾼다. 한강의 흐름에서 눈길을 뗄 수가 없다.

집을 일산으로 옮긴 뒤에는 한강을 감상하는 재미가 더해졌다. 강남에서 버스를 타고 다리를 건너다 다리 중간에서 깜빡 존 적이 있다. 얼마나 잤을까? 눈을 떠보니 아직도 한강 위가 아닌가?

나는 깜짝 놀랐다. 서둘러 주변을 돌아보니 차는 강변북로를 달리고 있었다. 아주 잠깐 동안 나는 끝없는 강을 건너온 것 같은 착각에 빠졌던 것이다.

영원히 건너도 다 못 건너는 강.

저녁 으스름히 펼쳐지는 강의 물빛을 바라보며 나는 그런 행복한 상상을 했다. 그리고 버스는 강변북로로, 자유로로 강을 옆에 두고 계속 달린다. 그리고 그 강변에는 버드나무 군락지가 있고, 불을 밝힌 다리들이 반짝반짝 빛난다. 도시의 활력과 아름다운 서정이 같이 하는 순간이다.

아, 그리고 한국 사람들은 얼마나 산을 좋아하는가? 서양의 산책은 길을 따라 수평적으로 이루어지지만 우리의 산책은 수직적이다. 산책이 아니라 등산이라고 해야 맞겠다. 우리는 산을 오르면서 이런저런 이야기를 나누고, 심지어는 회의도 한다. 우리는 산에서 위안을 얻는다. 개인적으로 나는 산에 오르는 것은 별로 좋아하지 않지만 주말에 산을 찾는 행인들을 보면, 아무런 대가나 보상도 바라지 않고, 계산도 없는 그들의 무심한 마음들을 보면 행복해진다. 도시에서 이렇게 무심한 마음들을 자주, 또 흔하게 볼 수 있다는 것은 분명 축복일 것이다.

중국인이나 서양인들은 시간이 나면 찻집에서 모여 떠들거나 마작을 하지만 우리는 산을 찾는다. 도심에서 이렇게 가까운 거리에, 이렇게 손쉽게, 이만한 산에 접근할 수 있다는 것은 우리만

이 가진 행복이다. 훼손되지 않은 신의 작품을 우리는 도심에 두고 사는 자연관을 가지고 있다.

얼마 전에 행정중심도시를 건설하면서 국제적으로 아이디어를 공모한 적이 있었다. 당선작 가운데는 도시를 평지가 아닌 산 위에 계획한 안이 있었다. 눈에 띄는 발상이긴 했지만 나는 그럼 저 도시의 사람들은 어디서 위안을 받을까 하는 생각이 먼저 들었다. 산에 도시를 계획한다는 것은 산에 산다는 것과는 다르다. 산을 도시화 한다는 말이다. 아무래도 서양인들의 발상이겠지만 늘 산에서 위안을 찾는 우리의 정서와는 너무 동떨어진 생각 같아 씁쓸했다.

우리는 산의 정기를 받아 태어나고, 산을 찾으며 살다가 산에 묻힌다. 어디든 교가를 한 번 보라. 산의 정기가 없는 교가가 없다. 산의 정기 아니면 강의 정기가 있다. 산과 강, 우리의 도시를 한 번 둘러보라. 이 두 가지는 어디든 있다. 도시에 산다는 것은 산과 강을 즐기며 산다는 것이다.

그러나 우리는 이런 것들과 얼마나 동떨어진 생활을 하는가? 속도와 꽉 짜인 체계 안에서 이 가까운 자연들을 놓치고 있다는 것은 안타까운 일이다. 복잡한 장비도 필요 없고, 무슨 해박한 사전지식이 필요한 것도 아니다. 단지 눈을 들어 보고, 걸으면 되는 간단한 일이 아닌가?

자연 그대로인 산과 강이 도시에 있다는 것은 분명 축복이다. 도시에 펼쳐져 있는 이 거대한 자연 때문에 한국에서 만들어지는 도심공원 계획은 큰 성과를 내지 못한다. 주로 수평적으로 펼쳐진 도심의 공원은 오르락내리락하는 우리의 산책과는 다른 동선과 사유를 요구하기 때문이다. 내가 한국의 도시에서 사는 이유, 거기엔 신이 만든 자연과 인간이 만든 모든 것이 다 있기 때문이다.

가을의 신화, 생의 신비

바빌론 신화에는 죽음의 공포와 싸운 길가메시의 이야기가 나온다. 신과 인간 사이에서 태어난 길가메시는 힘이 장사였고, 포악했다. 길가메시의 폭정에 시달린 사람들은 신들에게 길가메시를 죽여 달라고 탄원을 했고, 신들은 그 탄원을 받아들여 엔키두를 만들어 길가메시와 대항하게 했다. 그러나 길가메시는 엔키두를 물리쳐 신들의 뜻을 보기 좋게 꺾어 버린다. 단순히 힘으로 이긴 것이 아니다. 길가메시는 엔키두를 친구로 만들어 버렸다. 그래서 신의 존재를 무색하게 하는 인간이 바로 자신이라는 것을 보여준다. 더구나 그런 길가메시를 대하는 신들의 모습은 더 가관이다. 신들은 길가메시에게 원한을 품는 것이 아니라, 자신들의 바람을 저버리고 길가메시와 친구가 된 엔키두에게 저주를 내린다.

엔키두는 신들의 저주를 피하지 못하고 죽는다. 길가메시는 친구의 죽음 앞에서 7일 동안 밤낮으로 애곡하며 엔키두가 살아나기를 기다린다. 그러나 사랑하는 친구의 몸이 흙으로 변해 버리는 걸 지켜본 길가메시는 처음으로 죽음의 공포에 사로잡히게 되었다. 그래서 우리의 길가메시는 영원한 생명을 얻기 위해 길을 떠난다. 죽음을 극복한 자라고 알려진 우트나피스팀을 찾아서. 우트나피스팀은 대홍수 때 살아남은 유일한 인간이고 만슈 산에서 살았다. 천신만고 끝에 만슈 산에 도착한 길가메시는 숲의 요정 수두리에게 우트나피스팀이 어디에 살고 있는지 가르쳐 달라고 부탁한다. 그러나 길가메시의 처참한 모습을 본 숲의 요정 수두리는 고개를 저으며 집으로 돌아가라고 타이른다.

신들이 사람을 만들 때부터 사람은 죽음을 타고났다
영생은 신만이 갖는 것이다
길가메시야, 너는 배불리 먹고 밤낮으로 즐겁게 살아라
날마다 잔치를 차리고 밤낮으로 즐겁게 살아라

그러나 길가메시는 뜻을 굽히지 않고 죽음의 강을 건너 우트나피스팀을 만난다. 인간 중에서 죽음을 극복한 유일한 자인 우트나피스팀은 길가메시에게 6박 7일을 자지 않으면 영원한 생명을 얻을 것이라고 말한다. 온갖 시련을 겪으며 여기까지 온 길가메시에게 그것은 너무나 간단한 시련인 동시에 어려운 시련이었다. 오랜 여행에 지친 길가메시는 금방 잠들어 버렸으니까. 우트나피스팀은 그를 깨우며 비웃었다. 영원한 생명을 가지러 온 자가 어찌 그리 쉽게 허물어질 수 있는가. 길가메시는 후회에 몸을 떨었지만 이미 엎질러진 물이었다. 길가메시는 비통한 마음에 울부짖었다.

어쩌란 말이냐
나는 어디로 가리오
내 몸에는 저주가 들어 있소
내가 잠든 방에는 죽음이 살고 있으니
나는 어디로 가랴
죽음이 내 몸에 있다

그런 길가메시를 측은하게 바라보던 우트나피스팀은 다시 영원한 생명을 얻을 방법을 가르쳐 준다. 그것은 회춘하는 풀, 진시황이 바라던 불로초였다. 그 풀은 바다 속에 있었고, 길가메시는 생명의 시원인 바다로 뛰어들어 그 불로초를 얻는 데 성공한다. 드디어 목적을 이룬 길가메시는 집으로 돌아가는 길을 잡는다.

몇 날, 몇 밤을 갔을까? 길가메시는 아름다운 연못 하나를 발견하고 지친 심신을 위로할 겸 불로초를 연못가에 두고 오랜만에 목욕을 했다. 그런데 이게 웬일인가? 길가메시가 느긋하게 연못의 물속에 몸을 담그고 있을 때 연못 속에 살던 뱀 한 마리가 그만 연못가의 불로초를 먹어 껍질을 벗고는 사라져 버린 것이었다. 그래서 뱀은 영원한 청춘의 상징이 되었고, 길가메시는 다만 죽음을 향한 삶을 노래하게 되었다.

이 신화는 죽음의 공포를 극복하려는 인간의 노력이 얼마나 허망한 것인가를 말해 주고 있다. 저 숲의 요정 수두리의 노래처럼 인간은 영원할 수 없지만, 그래도 영원에 대한 꿈만은 영원히 계속될 수 있다. 길가메시는 엔키두의 죽음을 통해 비로소 죽음에 대한 공포를 알았고, 그 공포를 극복하기 위해 영원을 찾아 헤매는 긴 여정에 오른다. 그리고 영원이라는 것이 가능하지 않다는 것을 깨달았을 때 그는 죽는다. 그것은 육체의 죽음이기도 하지만 동시에 꿈의 소멸이기도 하다. 인간은 꿈꿀 때만이 영원하다. 신은 우리의 꿈이고, 우리는 신의 꿈인 것이다.

가을 초입, 오랜만에 밖을 나서자 어느덧 지상의 것들이 쇠락해가고 있는 징조가 보였다. 엔키두가 흙으로 돌아가고 있는 모습을 보았을 때는 아마 가을이었을 것이다. 매년 맞는 계절이지만 왜 이렇게 낯선 것일까?

어느 해 가을, 나는 정말 작정하고 거리의 은행나무 하나를 콕 집어서 은행잎이 언제 노래지는지 관찰한 적이 있었다. 매일 은

행나무 앞에서, 집의 창가에서, 은행나무 주위에서 담배를 피며 눈을 떼지 않았지만 그 실험은 실패하고 말았다. 어느 날, 창문을 열었을 때 그 은행나무는, 아니, 주변의 은행나무 모두가 노랗게 물들어 있었다. 그 신비 앞에서 나는 그만 아득해지고 말았다.

어쩌면 신은 이미 우리에게도 영원을 준비했을지도 모른다. 불로초를 먹은 뱀이 청춘의 상징이 되었듯이, 그러나 뱀도 끝내는 흙으로 돌아가듯이, 죽음을 포함한 끝없는 변화야말로 진정한 청춘의 상징인지도 모른다. 변화는 아이가 자라듯이 당연한 것이지만, 어느 날 아이가 자라듯이 신비로운 것이기도 하다. 우리가 그 신비를 눈치채고 있다면, 우리의 생도 매 순간 허물을 벗고 새로 태어나는 신비다.

03 | 시로 지은 집, 그림으로 그린 집

시로
지은 집,
그림으로
그린

집

봄에는 부용꽃이, 가을에는 국화가 지천이었던 우리 집. 봄과 가을이면 어머니가 낡은 창호지를 떼고 새 창호지에 풀을 먹여 꽃을 따다가 배접을 해 주시던 그 집을 나는 사랑한다. 작열하는 햇빛이 그대로 창호지를 뚫고 들어올 때면, 봄에 붙인 창호지 배접의 부용꽃은 마치 살아 있는 것처럼 생생하게 그 잎맥들을 다 드러냈다. 문에 비칠 햇빛의 양과 밝기를 가늠하시고 그렇게 창호지에 꽃잎을 배열하시던 어머니. 겨울에도 항상 투명한 국화꽃이 눈부시게 창호 문에 빛나던 그 집이야말로 시로 지은 집, 그림으로 그린 집이었다.

우리가 가보지 않은 길은 없다

어릴 때부터 나는 친구들 사이에서 그림을 잘 그리는 아이로 통했다. 선생들이나 어른들도 나를 그렇게 알고 있었다.

"너는 커서 화가가 되는 게 좋겠다."

어른들은 그런 말로 내 재능을 칭찬하곤 했지만, 나는 화가가 뭔지도 모르면서도 그 말을 별로 기분 좋게 받아들이지 않았다. 아마도 그건 내가 눈에 띄는 백지마다 족족 그림을 그릴 때면 집안 어른들이 했던 걱정, "저 놈이 환쟁이가 되려나?"와 어렴풋한 연관을 갖고 있었던 것 같다. 그때만 해도 어른들에게 화가는 천한 직업이었다. 그러나 어른들은 몰랐다. 나는 단순히 그림만을 그리고 있었던 게 아니었다. 나는 그림 속에 숱한 이야기들을 만들어서 그 이야기 속에서 놀고 있었으니까. 그러니까 어른들은 내가 그리는 그림만 보고 '화가'나 '환쟁이' 운운했고 진짜 나의 이야기는 듣지 못했던 것이다. 아무도 모르는 그 이야기를 나는 유일하게 작은형에게만 했다.

나는 그 이야기를 자신 없게 '가짜 이야기'라고 불렀다. 왜냐하면 그때 나는 현실과 대응되지 않는 이야기는 언제나 가짜일 수밖에 없다고 생각했기 때문이었다. 형은 언제나 밖에서 놀다가 지쳐 집에 들어와서는 가짜 이야기를 해달라고 주문했다. 그러면 나는 종이와 연필을 들고 형 옆에 엎드려서 그림을 그려가며 즉석에서 이야기를 만들어 냈다. 형은 그렇게 내 이야기를 듣다가 늘 이야기가 끝나기 전에 잠들었다. 형이 잠들면 나의 이야기는 다시 나 혼자, 내 속 깊이로 가라앉으며 이어졌다. 그 후 세월이 흐를수록 내 이야기는 점점 더, 아무도 들을 수 없는 깊이에서 만들어졌다.

중학교 때 미술반에 들어가면서 내 그림은 이야기와 떨어졌고, 그림과 완전히 분리되었다. 여전히 내 이야기는 어떤 그림을 가지고 있었지만 전과 달리 훨씬 희미해졌고, 한 살 한 살 나이를 먹어갈수록 의식의 표면에서 사라져갔다. 그리고 마침내 내 의식의 전면에는 이야기가 사라지고 그림만이 남아 있게 되었다. 그런데 신기하게도 내가 이야기를 잃어버리자 그림도 내 의식의 전면에서 서서히 물러났다. 타 계열 진학이 어려웠던 당시, 멍청하게도 그림을 그리면서 이과 공부를 했던 나는, 미대를 가려고 그림을 그렸던 것은 아니었지만 미대 진학이 어렵게 되었다. 그 때문만은 아니지만 그와 비슷한 시기에 나는 그림 그리는 법을 잊어버리고 말았다. 숨 쉬는 법을 잊어버리고 만 것이었다. 그것도 아주 갑자기.

어느 날 평소대로 이젤을 펴고 석고상 앞에 앉았는데, 전에는 어떻게 그림을 그렸는지 전혀 생각이 나지 않을 정도로 아무것도 할 수 없었다. 당황한 나는 친구들에게 그 모습을 들킬세라 너스레를 떨면서 책가방을 챙겨 화실을 나왔다. 그리고는 친구들이 다 돌아간 야밤에 화실에 들어가서 다시 이젤 앞에 앉았다. 안간힘을 다해서 그려나갔지만 그건 6년간이나 석고 데생을 한 사람이 그린 그림이 아니었다. 그것은 분명히 이제 막 아무것도 모르는 초보자가 그린 그림이었다. 너무 분했다. 누군가가 나에게서 무엇인가를 빼내가 버렸다는 상실감이 무섭게 엄습했다. 그 이후로 나는 다시는 이젤 앞에 서지 못했다. 미대조차 지원하지 못하게 된 상황이었고, 그림도 잃어버리게 되었다.

나는 공대생이 되었다. 거기서 건축예술의 맛을 보고 또 실망도 했다. 그리고 바로 시를 만났고 시를 만나자마자 다시 건축이 찾아왔다. 생각해 보면 정말 이상한 역전이 아닐 수 없다. 나는 한 번도 길을 선택해 본 적이 없었다. 언제나 두 가지 길을 동시에 가고 있었고 그중에 한 가지 길은 저절로 사라져 버렸다. 그리고 이어서 나머지 길도 같이 사라져 버렸고 항상 다른 길이 나타났다.

그런데 나는 정말로 갈림길에서 망설였던 적이 없었던 것일까?

현대물리학의 이론에 따르면, 우리가 과거로 돌아가 아버지를 살해한다고 해도 현재의 나는 사라지지 않는다고 한다. 왜냐하면 이 세계는 단일한 우주가 아니라 또 하나의 우주, 즉 거울우주를 갖고 있기 때문이라는 것이다. 내가 과거로 돌아간다는 것은 거울우주 속의 과거로 돌아간다는 것을 의미한다. 그러니까 과거의 아버지는 거울우주 속의 아버지인 것이다. 당연히 내가 과거로 돌아가 아버지를 살해하면 거울우주 속의 나는 죽는다. 달리 말하자면 나는 항상 하나가 아니라 둘이거나 여럿이라는 것이다.

프루스트는 갈림길에 서 있었던 어느 한 시절의 가지 않은 길을 노래했지만, 사실 우리가 가지 않은 길은 없다. 우리는 우리가 가지 않았다고 생각하는 길로 이미 우리의 그리움과 망설임의 또 다른 나를 가게 했다. '나'는 실은 단수로서의 '나'가 아니라 수많은 복수로서의 '나'가 모인 우리이다.

그 수많은 '나'들은, 잃어버리고 새로 나타나는 생의 수많은 갈림길에서 만나고 헤어진 '나'다. 우리가 타인과 만나 이야기할 때, 그 타인은 어쩌면 우리가 가지 않은 길이라고 믿고 있던 그 길로 보낸, 또 다른 나일지도 모른다. 갈림길에서 우리는 선택하지 않는다. 우리가 가 보지 않은 길을 생각하듯이, 그 길에서 이 길을 가고 있는 나를 생각하고 있는 '나'가 있을 것이다. 우리에게 가보지 않은 길은 없다.

내가 본 내 얼굴

두 장의 자화상이 있다. 하나는 스물두 살 때 그린 것으로 첫 번째 시집『56억 7천만 년의 고독』의 표지에 들어갔다. 또 하나는 서른 살 초반에 그린 것이다. 역시 세 번째 시집『너무 아름다운 병』의 표지를 장식했다. 첫 시집은 이십 대 말엽에 나왔으니, 시집에 쓰기 위해 그린 것은 아니었다. 나는 스무 살 초반에 자화상을 집중적으로 그렸다. 대학에서 건축을 공부하고 있었지만, 나는 건축을 내 삶으로 끌어들일 것인지를 회의하고 있었다. 그렇다고 고등학교 때까지 내 삶의 일부였던 그림을 계속하고 싶은 생각도 없었다.

문학은 그보다 훨씬 나중의 일이었다. 1980년대라는 격변의 시기를 마주하고 있었던 나는 거기에 대응할 분명한 태도를 갖고 있지 못했다. 그러던 어느 날 세수를 하다 문득, 거기에서 내 얼굴을 '발견'했다. 나는 처음 자신의 얼굴을 본 사람처럼 신기해하며 손거울을 앞에 놓고 나를 그려 나갔다. 몇 번의 수정을 거친 끝에 한 장의 자화상이 그려졌다. 매우 흡족했다. 이게 나구나. 나는 이것이 나라는 객관적인 인정을 받고 싶어 누이에게 그림을 보여주었다. 수준급의 그림 솜씨를 가지고 있었고, 자수와 뜨개질에 능한 누이와 나는 여러 가지 공동 작업을 해왔다. 그렇다고 무슨 대단한 작업을 했던 건 아니지만, 내가 초안을 잡으면 누이가 거기에 모자이크를 한다든가, 모눈종이에 문양을 그리면 누이가 뜨개질로 옷을 짠다든가 하는 소소한 것이었다.

누이는 한참 그림을 뚫어지게 보더니 "잘 그렸는데……." 하고 말끝을 흐렸다. 나는 좀 불안해서 누이를 다그쳤다.

"근데, 너무 잘생기게 그려졌다."

아, 지금도 이 생각을 하니 여전히 얼굴이 화끈거린다. 나는 누이가 툭 던진 그 한 마디에 어디 쥐구멍이라도 있으면 찾아서 숨고 싶었다. 창피하고 부끄러웠다. 그 부끄러움을 안고 다시 거울을 보았다. 작은 눈, 납작한 코, 두툼한 입술, 숭숭한 땀구멍을 가진, 개기름이 흐르는 못생기고 넙데데한 얼굴이 거기 있었다.

거기에 비해 내가 그린 그림은 실재보다 큰 눈, 날렵한 코,

유려한 선을 가진 잘생긴 얼굴의 통념을 그대로 모사하고 있었다. 가짜였다. 나는 그림을 찢어버리려다가 그만두었다. 그래, 이것도 나다. 그림은 비록 나와 같지 않지만, 이 부끄러운 행위를 한 것은 분명 나다.

그때부터 한동안 나는 자화상만 그렸다. 터럭 하나라도 같지 않으면 그 사람이 아니라는 일호불사편시타인一毫不似便是他人까지는 못 미치더라도 솔직하자는 다짐을 되뇌고 또 되뇌면서 그렸다. 얼굴의 부위를 따로 묘사하기도 하고, 얼굴의 일부분만 그려보기도 하면서 나는 점점 어떤 실체에 가까이 가고 있는 나를 '발견'할 수 있었다.

그리고 이 두 번째 발견 이후에는 거울이 필요 없게 되었다. 나는 거울을 보지 않고도 나를 그릴 수 있었다. 그림은 점점 간명해졌다. 세련된 선은 내 더러운 피부를 묘사하기에 부적절했으므로 폐기되었다. 내 눈은 거죽에 뚫린 구멍 같았으므로 자세하게 그릴 필요가 없었다. 그렇게 자꾸 버려가면서 나는 한 선으로 나를 완성할 수 있었다. 옆모습을 그린 자화상이 그것이다. 못생긴 내가 그대로 드러나 있다. 자화상을 그리면서 느낀 이 경험은 나중에 내 시의 태도에 영향을 주었다.

시는 못생긴 자기 얼굴을 바로 보는 것에서 출발한다. 그래서 시는 솔직해야 한다. 솔직하지 않으면 시가 아니다. 공자가 시경을 요약하여 한 思無邪사무사, 즉 생각에 삿됨이 없다는 말을 나는 '솔직하다'는 뜻으로 받아들인다. 못생긴 자기 얼굴을 바로 보지 못하고는 어떤 것을 이야기한다고 해도 거기에는 치장이 섞여 있을 수밖에 없다.

나는 이 못생긴 얼굴을 티베트를 여행하면서 다시 보게 되었다. 이번엔 정말 오랜 여행의 와중에 오랜만에 만난 거울을 보게 되면서다. 얼굴은 타서 시커멓고, 야위어서 피골이 상접한 얼굴이다. 작고 째진 눈이 지금도 나를 바라보고 있다.

시는 불온해야 한다

이제 시는 완벽하게 자본주의의 바깥에서 존재하는 유일한 예술 장르가 된 것 같다. 시의 시대라고 불리는 1980년대에도 시인들은 시를 써서 먹고 살지 못했고, 시의 위기라는 1990년대에도 그랬다. 2000년대에는 사정이 더 악화되었다. 그래도 1990년대까지만 하더라도 초판 정도는 그리 어렵지 않게 팔리는 경우가 많았지만, 지금은 그마저도 문예진흥원에서 선정된 우수도서 외에는 재판을 찍는 시집을 찾아보기가 어렵게 되었다. 하긴 어느 시대의 시인이 시를 써서 잘 먹고 잘 산 적이 있었는가? 생각해 보면, 그리 새삼스러울 일도 아니다. 시는 항상 생활과는 먼 거리에 있었다.

그러나 누군가의 말처럼 시는 항상 그 시대의 '가장 예민한 성감대'임에 틀림없다. 그것은 시의 시대였던 1980년대에도 그랬고, 지금도 마찬가지이다. 그렇다면 무엇이 달라졌는가? 그것은 우리 문학이 우리가 알지 못하는 사이, 제도로 타락해 버렸다는 데 있다. 시의 시대였던 1980년대는 당시의 정치적인 불행이 우리의 감수성을 지배하고 있었다. 따라서 시는 그 예민한 촉수로 이 불우했던 한 시절을 가장 적확的確하게 포획해나갔다.

그때 우리는 가난했지만 돈이 생기면 시집을 사서 읽었고, 연인이나 친한 친구들에게 시집을 선물했다. 시를 통해 시대를 같이 공감하고 싶었던 것이다. 그리고 1990년대로 넘어 오면서 우리는 '적이 사라졌다'는 말로 한 시대의 종언을 받아들일 수밖에 없었다. 우리의 시 역시 이 적의 '사라짐'에 대해서 어정쩡한 태도를 취했다. 그것은 두 가지 의심이었다. 하나는 '정말 사라졌는가?'였고, 또 하나는 '그렇지 않다면 어디에 있는가?'였다.

그 결과 1990년대의 시는 시의 화살을 자본주의의 현실에 돌렸다. 풍자와 야유, 독설과 장광설, 요설을 통해 1990년대 시는 파격을 이루면서까지 자본주의의 현실에 맹공을 퍼부었다. 그 결과 그들은 우리 시사詩史에서 최초로 버림받았고, 장엄하게 전사했다. 당연하게도 그들은 바로 자본주의의 자식들이었던 것이다.

그와 동시에 시에 있어서 정치적인 프리미엄이 완전히 걷히면서 IMF가 왔고, 새로운 밀레니엄이 찾아왔다. 그리고 자본주의의 현실에 아무 거부감이 없고, 정치적으로 자유로운 새로운 세대들이 등장했다. 당연히 새롭게 나타난 시인들은 그중의 하나였다. 그들에게 시는 무기가 아니었고, 정치적인 구호는 더더욱 아니었다. 1990년대 시인들이 자본주의의 자식이면서 아버지를 미워했다면 이들은 아버지를 미워하지도 사랑하지도 않는, 그러면서도 아버지의 유산을 고스란히 상속받은 막내였다.

마침 각 대학에 문예창작학과가 우후죽순으로 생겨나면서 이들은 그 제도 속으로 편입되었고, 거기서 시를 제작하는 법을 배웠다. 그 결과 언어를 색의 대비처럼 어울림의 관계로 구사하는 전대미문의 시가 나타났다. 이 새로운 시인들은 언어를 팔레트에 미리 짜 둔 물감처럼 준비했다가 적재적소에 사용하며, 기가 막히게도 똑 떨어진 시를 만들어 낸다. 이들은 새로운 언어를 사용한다기보다 언어를 새롭게 사용했다. 이것 역시 분명 새로움이다. 이 전까지 새로움은 항상 두려운 대상이었다. 그것은 구시대의 낡은 체제를 문화적으로도, 문학적으로도, 문학 정치적으로도, 정치적으로도 전복할 만한 상상력이 있었다. 그러나 2000년의 새로운 시인들의 새로움은 전혀 불온하지 않다. 새롭지만 불온하지 않은 새로운 세대가 나타난 것이다.

그동안 우리 시단은 많은 변화를 겪었다. 그리고 결국 이 살벌한 자본주의의 시대에, 자본으로부터 철저하게 외면당한 덕분에 거꾸로 스스로의 내면을 더욱 잘 들여다볼 수 있게 되는 역설을 건

져내었다. 이 내면에 대한 탐구로 일군의 젊은 시인들이 대거 2000년대를 수놓고 있다. 이들은 철저하게 개인적이며, 철저하게 자폐적이고, 철저하게 자의적인 글쓰기로 역설적이게도 이 천박한 자본주의의 단면을 명징하게 보여준다. 역사에 있어서도 자유롭고, 정치적으로도 자유로운 이 시인들이 어떤 생각을 갖고 있든지, 이들은 그런 방법을 통해서 이 시대를 증거하고 있다.

그러나 시는 불온해야 한다. 불온하지 않은 시는 존재할 이유가 없다. 시가 안 읽히는 이유는 우리 시가 불온성을 잃어버렸기 때문이고, 불온성을 잃어버렸다는 것은 더 이상 제도와 규범적 삶에 흠집을 내지 못한다는 말이다. 소크라테스가 사약을 받은 이유는 소크라테스의 질문이 주류 사회를 불편하게 만들었기 때문이다. 그는 아테네의 제도와 아테네인들의 규범적 삶을 흔들어 놓았고, 자신의 신념을 위해 죽음을 택했다. 그렇듯이 제도와 규범적 삶에 흠집을 내지 못하는 시는 일기에 불과하다. 그래서 시는 단순한 공감만을 이끌어내서도, 그저 아름답기만 해서도 안 된다. 시는 어떤 누군가를 두려움에 떨게 해야 한다. 시가 불온해야만 하는 이유가 바로 여기에 있다.

2B 연필

1974년 11월 30일, 하다르 아오시 강가에서 야영하던 도널드 요한슨은 지금까지 본 적이 없는 호미니드 화석을 발견했다. 그때 라디오에서는 비틀즈의 「Lucy in the sky with Diamonds」가 흘러나왔다. 이 화석이 현생 인류의 조상이라는 데는 많은 이견이 있지만, 아무튼 그래서 미래에 '루시'라고 불리게 된 현생 인류의 조상들은 아시아로 가느냐, 유럽으로 가느냐 하는 기로에서 중요한 선택을 한다. 이 '선택'이 가져온 진화의 행보는 나중에 양 문명 사이에 커다란 차이를 낳는다. 당시 유럽은 간빙기의 온화한 기후가 지속되고 있었고, 시베리아는 아직 빙하기의 끄트머리에 있었다. 유럽으로 간 루시와 아시아로 간 루시, 이 '두 루시'가 보여준 문명의 양상은 사뭇 달랐다. 비교적 온화한 기후에서 자연의 제약을 비교적 덜 받은 '유럽의 루시'는 인간중심적인 이성을 발달시켰고, '아시아의 루시'는 척박한 환경에서 그것을 개선하기보다는 오히려 거기에 순응하는 자연중심적인 이성을 발달시켰다.

서양의 철학이 인간에 대한 끊임없는 질문을 통해 자연을 해석해내고, 동양의 철학이 자연에 대한 끊임없는 질문을 통해 인간을 거기에 투사하는 것처럼, 서양의 시문학은 끊임없이 인간에 대한 문제로 괴로워하고, 동양의 시문학은 끊임없이 자연과 합일하지 못하는 것 때문에 안타까워했다. 그래서 서양은 신을 '발견'했고, 그것 때문에 신을 폐기 처분할 수 있는 자유로움도 있었다. 그러나 동양 철학의 역사는 언제나 자연에 대한 끝없는 주석의 역사였으므로, 자연을 폐기할 수 있는 권리는 애초부터 인간에게는 없었다. 자연은 '발견'을 통해 찾아지는 것이 아니라, 원래 '스스로 그렇게 존재'하는 것이었다. 그런 의미에서 들뢰즈의 '노마드'의 개념도 달라져야 한다. 서양의 유목은 양치기가 풀을 '발견'하고 양떼들을 거기로 데려가는, 길 잃은 한 마리 어린 양에게 신의 자비를 내리는 것이라면, 몽골로이드의 유목은 일단 사슴 떼를 '만나는' 것에서부터 시작한다. 사슴 떼를 만나면 거기에 천막을 치고 그때부터 그들은 사슴과 같은 가족이 된다. 가족의 구성원으로서 그들은 사슴과 같이 생활하며 약한 가족들을, 다음 이동 때 견디지 못

할 만큼 노쇠하거나 병약한 사슴들을 잡아먹고 산다. 가족을 잡아먹으면서 그들은 사슴들과 진정한 가족이 된다. 그러다 사슴 떼가 다른 거주지를 찾아 움직일 때 몽골로이드의 유목민들은 천막을 걷고 각각 사슴의 등에 타고 어딘지도 모르는 사슴의 다음 정착지로 이동하는 것이다. 서양의 유목이 양치기의 영도 아래 이루어진다면, 몽골로이드의 유목은 철저하게 사슴에 의해 이루어진다. 거기에 인간의 의지라는 것은 '어떤 사슴을 먹을 것인가?' 하는 것 외에는 없다.

인간의 생각을 적는 필기구만 하더라도 '유럽의 루시'와 '아시아의 루시'는 좀 다르다. 필기구의 연원이야 두 루시 모두 딱딱한 나뭇가지나 짐승의 뼈를 이용했겠지만 나중에는 펜과 붓으로 그 물성이 완전히 달라진다. 서양의 캘리그라피는 펜의 종류에 따라 달라진다. 붓의 종류도 80여 가지가 있지만 주로 재료의 성질이나 크기에 따른 분류이고, 그것이 자체를 결정하지는 않는다. 그러나 서양의 캘리그라피는 펜 끝의 모양이 자체를 결정한다. 펜에 잉크가 흐르는 동안 적어 나가는 서양의 캘리그라피는 그 한시적 시간 동안 가장 효율적인 기능을 위해 펜 끝을 변화시키는 방법을 택했다. 그러나 한자문화권의 캘리그라피, 즉 서예는 붓에 먹을 스미게 해 쓰는 동안에 얼마든지 다양한 변화를 줄 수 있다. 심지어는 먹의 양을 조절해가며 일부러 거친 터치를 조작하기도 한다.

이 '흘림'과 '스밈'의 차이에서 서양 캘리그라피의 '디자인'

과 한자문화권 캘리그라피의 '정신'이 나뉜다. 서양의 캘리그라피는 자체의 표준화에 관심이 기울어지지만 한자문화권의 캘리그라피는 대상과의 합일을 통해 다시 저 자연의 경이에 가 있고자 한다. 한자문화권에 있어서 서예의 전통을 타이포그라피의 영역으로 손쉽게 통합할 수 없는 이유가 여기에 있다. 타이포그라피는 일정한 대상을 글씨체를 통해 표현하지만 서예는 오직 하나 물아일체의 경지에 가 있기 때문이다. 서양 철학은 그 대상을 다양하게 변화시키며 오늘에 이르렀지만 동양 철학은 늘 자연이라는 문제에서 떠나 본 적이 없다. 서양이 오이디푸스 콤플렉스에 시달리는 것처럼 동양은 자연이라는 신경증에서 벗어나지 못한다. 그러나 연필은 이 '흘림'과 '스밈'의 두 가지를 통합한다.

말하자면 펜의 '흘림'은 시간적으로 정지되어 '스밈'의 형태로 구조화된다. 따라서 연필은 펜처럼 긁히면서도 긁힘의 흔적을 스스로 새긴다. 연필심은 흑연과 점토를 일정한 비율로 섞고 물을 뿌려 반죽을 되풀이하여 만든다. 이때 점토의 비율을 높이면 단단해지고 낮추면 연해져 다양한 경도의 연필심 제조가 가능하다. 그리고 섭씨 1,000~1,200도에서 구운 후 매끄럽게 기름을 바르고 천천히 식혀 가공한 뒤 축판에 심을 끼우면 한 자루의 연필이 된다. 연필은 점토의 비율에 따라 H, B, HB, F로 나눌 수 있는데, H는 하드Hard, B는 블랙Black, F는 펌Firm의 머리글자로 경도와 농도를 나타낸다. 그중에서도 F는 H와 HB 사이에서 아주 독특한 경도를 나타낸다. 그것은 무엇인가를 쓰거나 그리기 위해 있는 것이 아니라, 단지 지워지기 위해 존재하는 것처럼 보인다. 실제로 F 연필은 밑그림을 그릴 때 주로 사용한다. 알다시피 밑그림은 주된 재료로 그리기 시작하면 존재할 필요가 없어지는데, 그럴 때 밑그림용으로 F 연필을 쓰면 일부러 지울 필요가 없다. 저절로 종이에서 미끄러져 나가거나 더 존재감이 강한 재료에 의해 사라져버린다. 하지만 밑그림이 완성된 상태에서도 남아 있길 바라는 나 같은 사람에게 F 연필은 결코 적절한 도구가 아니다. 나는 밑그림을 계속 수정해나가면서 그림을 완성한다. 수정작업을 하는 데 있어 밑그림은 내가 그리고 있는 선이 과거와 어떤 연관이 있는지 판단하는 중요한 근거가 된다. 나는 그림이 완성되어도 밑그림을 지우지 않는다. 어떻게 보면 내가 그리는 그림은 완성된 형태가 있는 것이 아니라 밑그림의 끝없는 반복에 지나지 않는다.

좋은 연필은 필기 면과 마찰저항이 적어 흐름이 좋고 심의 마모도가 적으며 잘 부러지지 않는다. 그러나 심의 마모도가 너무 적은 것도 문제가 있다. 나는 그중에서도 특히 2B 연필을 집착해서 사용한다. 내가 처음 2B 연필을 본 것은 주로 일본을 내왕하는 외항 선원을 아버지로 둔 초등학교 때 친구의 이젤에서였다. 그전까지 나에게 있어 최고의 연필은 동아 4B 연필이었다. 그러나 같이 그림을 그리던 친구는 톰보우 B, 2B, 4B를 골고루 활용하면서 그림을 그렸다. 일단 그 디자인에 마음이 끌렸던 게 먼저였다. 나는 친구의 이젤에서 잠자리가 그려진 금빛 글씨체의 톰보우 연필을 쥐고 차례로 켄트지에 선을 그어 나갔다. 4B 연필의 그 부드러운 촉감, B 연필의 상큼한 미끄러짐, 모두 놀라웠으나 2B는 선을 긋는 순간 나를 단박에 매료시키고 말았다. 켄트지는 내가 쥔 2B 연필에 의해서 조각되고 있었다. 눌렸다 튀어나오고, 미끄러지고, 번지는 힘의 방식이 거기에 있었다. 나는 그때 B 연필도 처음 보고, 2B 연필도 처음 보았지만 친구가 가지고 있는 다양한 연필의 종류에 대한 부러움을 일소할 수 있었다. 나는 2B 연필 하나면 충분했다.

그러나 그 후로도 아주 오랫동안 나에게 2B 연필은 단지 선망의 대상이었다. 돈도 없었고, 내가 태어난 고장에서는 구할 수도 없는 물건이었다. 내가 처음 톰보우 2B 연필 한 다스를 사게 된 것은 그 후로도 5년은 더 지난 고등학교 때였다. 춘천에서 열린 도내 실기대회 때 강원도청 앞에 있는 생전 처음 가 본 화방에서 나는 2B 연필을 골랐다. 그때부터 지금까지 내 근처에는 늘 2B 연필이 있었다. HB는 너무 딱딱해서 힘의 강약을 받아들이지 못하고 4B는 너무 물러서 서툰 붓처럼 번지기 일쑤이다. 그러나 2B 연필은 강약이 섬세하고, 종이에도 붓처럼 부드럽게 스민다. 캘리그라피에 있어서는 펜처럼 확정적이면서도 시간적으로는 붓처럼 비결정적이다. 그것은 나에게 있어 '두 루시'의 통합처럼 느껴진다. 흰 백지 앞에서 무엇을 그릴까 하는 생각도 없이 점을 하나 찍으면서 이끌려가는 과정은 사슴을 타고 사슴이 가는 대로 숲으로 스며드는 몽골로이드의 유목을 닮아 있다. 무엇을 그리느냐는 중요하지 않다. 그것에는 최초의 힘이 어떤 것이냐는 초기 값에 따라 자동적으로 이루어지는 알고리즘이 내포되어 있다.

하는 일이 건축설계 일이다 보니까 나는 하루에도 몇 번씩 이런저런 목적으로 드로잉을 한다. 그림을 그리는 데에 무슨 이런 저런 많은 이유들이 필요하냐고 할지도 모르겠지만, 건축설계는 절대적인(?) 합목적성을 갖고 있기 때문에 하는 드로잉마다 항상 일정한 목적을 띠기 마련이다.

어떤 때는 설계 의뢰인을 이해시키기 위해서, 혹은 설득하기 위해서 드로잉을 하고, 때로는 같이 일하는 스태프들에게 내 아이디어를 이해시키기 위해서 하기도 하며, 내 생각을 정리하기 위해서 하기도 한다. 그러다 보니까 자연히 연필이라는 도구는 나에게는 친숙함 이상의 어떤 아우라를 가지고 있다.

나에게 연필이라는 것은 단순히 무엇을 표현하기 위한 도구가 아니라 내 생각 자체가 되어 버렸다. 말하자면 나는 인식된 내 생각을 연필을 통해서 표현하는 것이 아니라 연필이 무의식적인 내 생각을 드러내준다는 믿음을 가지게 되었다. 그러니까 연필은 내가 간절히 원하는 '어떤 것'을 '바로 그것'으로 만들어 준다.

컴퓨터가 일반화되기 이전에는 그 모든 작업들이 다 트레이싱지라는 투명한 종이 위에서 이루어졌다. 스케일이라는 축척자의 눈금을 연필로 종이 위에 찍는 것은 사실 얼마나 무모한 일인가?

실제로 연필심이 0.5밀리미터라면 1/2,000 도면에서는 연필심 두께 자체가 1미터가 되는 것이다. 만약 어떤 대지에 4미터짜리 도로를 낸다면 그것은 양옆으로 각각 1미터씩 오차를 가질 수 있다는 말이 된다. 만약 수치를 정확히 기입하지 않는다면 이 도로는 최대 6미터까지 늘어날 수 있고, 수치를 정확히 기입한다고 해도 도로 폭의 시작점이 도대체 어디냐 하는 것은 계속 문제로 남는다.

이 불확실성 때문에 컴퓨터 디자인 프로그램인 캐드가 등장하자 사람들은 마치 철기문화를 목격한 신석기인처럼 그 매력에 급속도로 빨려 들어갔다. 컴퓨터는 놀랍도록 정확했다. 이제 비로소 4미터 도로는 4미터 도로가 되었다. 캐드는 단순히 디자인을 보조해 주는 수단이 아니라 또 하나의 세계였다. 용량만 충분하면 거기에는 이 세계의 온갖 현상들을 모두 담을 수 있었다. 전 세계 도시의 가로망, 건물, 나무의 식생, 인구분포도, 기후의 변화까지.

처음 캐드를 접했을 때, 나는 내가 마치 신이 된 것 같은 착각에 빠졌다. 신이 이 세계를 창조할 때 만약 어떤 도구를 썼다면, 그건 윌리엄 블레이크의 그림에 표현된 컴퍼스는 절대 아니었을 것이다. 그것은 컴퓨터였을 것이다. 그렇지 않다면 이런 유기적이고 정확한 관계들이 어떻게 가능했겠는가?

그러나 컴퓨터에도 문제는 있었다. 그 문제는 역설적이게도 아날로그인인 우리가 그렇게 열광해마지않았던 디지털 세계의 정확성이었다. 거기에는 우연이라는 세계 창조의 가장 기본적인 원리가 빠져 있었던 것이다. 디자인을 구상할 때는 논리적인 힘이 필수적이지만, 그것을 그리고 만드는 과정에서는 절대적으로 우연에 기댄다.

연필을 쥐고 자기 머릿속에 있는 상상을 실현할 때, 자신의 생각과는 전혀 다르게 삐어져 나오는 선들에 의해서 수정되는 나의 논리와 그 논리에 의해서 다시 수정되는 연필의 생각들이 '바로 그것'을 만들어 내는 것이다. 캐드에서 그려지는 선들은 정확한 수치로 표현되며 미끄러진다. 그 미끄러짐에 힘은 없다. 그것에 힘의 크기는 없다. 순수하게 방향들만 존재할 뿐이다. 수학적인 힘은 있지만 역학적인 힘은 존재하지 않는 것이다.

그러나 연필은 둔중한 힘, 유려한 선, 끊고, 나가고, 맺는 아름다움이 있다. 캐드가 가진 정확한 선의 아름다움을 사랑하지만 연필선이 주는 힘의 매력에서 벗어나기도 어렵다. 바로 그 점 때문에 나는 2B 연필을 선호한다. 왜냐하면 HB는 너무 무디어서 힘을 표현하기 어렵고, 4B는 너무 물러서 곧잘 뭉개지기 때문이다. 2B 연필은 너무 무디지도 않고 무르지도 않으면서 부드럽게 나가고, 힘을 주면 적당히 물러서 맺음이 확실하다.

내가 2B 연필만 쓴 지도 어느덧 20년이 훨씬 넘는다. 고등학교 때부터 데생을 하며 2B 연필의 매력에 빠져 지금까지 2B 연필필만 고집했다. 그런데 다시 보니 나는 지금 디지털B 연필과 다시 사랑에 빠진 것 같다. 그런 2B 연필과 디지털B 연필과의 이중연애는 즐겁다. 왜냐하면 연필에서 우연을 얻고, 디지털에서 정확함을 얻을 수 있기 때문이다. 신도 아마 이 두 가지 도구로 세계를 설계했을 것이다.

나는 오늘도 2B 연필을 깎고 남은 나무를 재떨이에 넣고 거기에 다 피운 담배를 대충 눌러 끈다. 머리를 맑게 하는 향나무 타는 냄새가 방 안에 가득찬다.

하늘 섬의 주민들

"나를 가지시려거든 저 사막에 꽃들이 만발하게 해 주세요."

느부카드네자르 2세는 메디아의 왕녀 아미티스의 당돌한 요구를 떠올리며, 메소포타미아의 사막을 바라보았다. 풀 한 포기 없는 사막과 도시, 바빌론은 그런 지역이었다. 작열하는 태양과 열사의 나라. 어떻게 이 척박한 땅에 꽃들이 만발하는 정원을 가꿀 수 있다는 말인가? 그에 비하면 만인의 피로 이 땅 전체를 물들이는 것은 얼마나 쉬운 일인가? 왕은 자신이 치른 수많은 정복 전쟁들이 모두 공허하고 갑자기 아무 의미도 없이 느껴졌다. 아미티스에 대한 열망도 열망이지만 아미티스를 취하지 못하면 왕은 가슴 속이

휑하게 뚫려 있는 듯한 이 공허를 다른 무엇으로도 메울 길이 없을 것 같았다. 그래, 사막의 먼지보다도 더 메마른 내 마음 속에도 꽃은 이미 피기 시작한 것. 마음을 가졌으니, 그 현실도 가질 수 있을 터. 내가 사막에 꽃을 피우면 그대는 내 마음 속에 그것보다 더 아름다운 꽃을 피워 주겠지. 왕은 언제나 깊은 외경으로 바라보던 사막을 처음으로 사람을 죽이기 위한 전술을 펼칠 전쟁터가 아닌, 하나의 자연으로 바라보았다. 바라보다가 놀랐고, 그 놀라움은 점점 더 증폭되어갔다. 거기에는 아주 새로운 풍경이 펼쳐져 있었다. 새로운 태양, 새로운 바람, 심지어는 사막의 먼지까지도 새롭게 다시 보이기 시작했다. 그리고 비로소 왕은 확신했다.

이집트의 제1 피라미드, 올림피아 제우스 신전의 신상, 에페소스의 아르테미스의 신전, 할리카르나소스의 마우솔레이온, 알렉산드리아의 등대 파로스, 로도스의 거상과 더불은 세계 7대 불가사의 중의 하나인 공중정원은 이렇게 탄생되었다.

먼저 느부카드네자르 2세는 이 정원에 대한 설계를 국제 현상 공모에 부쳤다. 이스라엘, 이집트, 바빌로니아는 말할 것도 없고, 그리스를 포함한 전 세계의 건축가들이 이 공모에 참가했다. 심사 과정에서 심사 위원장이 이집트의 건축가에게 막대한 뇌물을 받아먹은 것이 발각되어 사임을 하는 진통을 겪긴 했지만 몇 차례의 토의 끝에 바빌로니아의 건축가 함무라비가 대상의 영예를 안았다.

"정원을 공중에 걸겠습니다."

건축가가 그 말을 했을 때 느부카드네자르 2세는 번개에 맞은 것처럼 한순간 온몸에 전율이 흐르고 지나가는 것 같은 충격을 받았다. 그러나 묻지 않았다. 그 대신 많은 심사위원들이 이구동성으로 물었다.

"어떻게?"

정원은 아치의 터널로 지지되어 공중에 들어 올려졌고, 바빌론 궁성에 면한 유프라테스 강의 물을 끌어와 들어올려진 정원의 가장 윗부분에 공급했다. 계단식 정원이었으므로 물은 자연히 정원 전체에 흘러들었고, 모든 수목들은 충분한 물을 공급받을 수 있었다. 시간이 지날수록 정원은 우거졌고, 우거진 수풀들은 아치를 타고 내려 종래에는 정원을 받치고 있는 아치의 터널을 덮게 되었다. 이제 누가 봐도 정원은 완벽하게 허공에 떠 있었다.

생각해 보라. 작열하는 태양, 모래먼지뿐인 사막에 홀로 공중에서 녹색으로 우거져 있는 정원을……. 나뭇잎들은 작열하는 태양 아래 사금파리처럼 반짝였고, 열풍에 흔들리며 신비한 소리로 느부카드네자르 2세의 마음을 평화롭게 했다.

'나의 제국이 여기에 있었구나.'

왕은 다시 한 번 자신의 정복 전쟁과 1만 명의 유대인 포로에 대해 생각했다.

'이 생각이 내 마음의 꽃이었구나.'

왕은 이제 메디아의 왕녀 아미티스를 불렀다. 왕은 이쉬타르 문에서 왕녀를 맞으며 자연스럽게 왕녀가 공중정원을 볼 수 있게 안내했다. 그러나 아미티스는 이 놀라운 광경에 한 마디의 언급도 없었다.

"청혼은 받아들이겠습니다."

그러나 왕에게는 이미 그것이 중요한 게 아니었다. 왕은 물었다. 왜 아무 말이 없냐고. 이 아름다움이 마음에 차지 않느냐고.

"지금 왕에게 중요한 것은 제가 아닙니다. 그렇듯이 지금 제게 중요한 것은 정원이 아닙니다. 왕께서 이 사막에 꽃을 만발하게 하셨듯이 이젠 제가 당신의 사막에 꽃을 피울 차례입니다. 그리고 저 공중에 떠 있는 정원은 이 땅에서 태어날 우리들의 자손들의 꿈이 될 것입니다."

그리고 실제로 2,400년 후, 사막의 자식인 리비아의 국가 원수 카다피는 전 사막에 수로를 까는 대공사를 시작한다. 그것이 이라크든 리비아든 무슨 상관이랴. 그 꿈은 사막을 아는 자들, 그 태양과 바람의 의미를 아는 자들에게만 주어지는 꿈이니까.

그 후 세월이 흘러 바빌로니아는 페르시아의 키로스가 이끄는 군대에게 함락당하고, 페르시아는 드디어 알렉산더가 이끄는 마케도니아 군대의 침략으로 초토화되었다. 그리고 록산느, 아름다운 록산느는 알렉산더에게 아버지를 잃은 슬픔에 느부카드네자르와 아미티스의 사랑, 그 마음의 꽃들이 피던 정원에서 자신의 운명에 대해 생각했다. 페르시아의 호족이었으나 이제는 점령지의 일개 시민, 어떤 모욕을 당할지 모른다. 페르시아의 시민이었다는 게 뭐가 그리 대단한 일이었나. 우리 가족이, 아니 내가, 왜 페르시아 때문에 다레이오스 일가 때문에 목숨을 버려야 한다는 말인가? 록산느는 달빛이 교교히 흐르는 공중정원에서 '이 참담한 현실 앞에 너무 고요한 달빛이구나.' 생각했다. 그렇다면, 그렇다면……. 록산느는 이 참담한 현실에 순응하기로 마음을 먹었다.

'알렉산더라는 저 남자를 나의 것으로 만들자. 적을 꺾을 수 없다면 차라리 적을 나의 편으로 만들어 버리는 거야.'

록산느는 다시 한 번 공중정원의 계단식 경사를 내려다보았다. 정말 아름다운 곳이지 않은가? 300년 전에 이미 이 날을 위해서 배려한 것처럼.

그리고 사막에 꽃이 만발하던 어느 날 알렉산더는 그 유명한 공중정원의 소문을 따라 몇 명의 시종과 같이 공중에 떠 있는 정원을 찾았고, 거기에서 한 여인의 눈부신 나신을 보게 된다. 세계 정복에 대한 야심과 거대한 건축 사업에만 정신이 팔려 있던 한 남자의 눈에 띈 한 여자. 결코 우연이 아니었던 만남이 이 아름다운 정원에서 이루어졌다.

'동성애자 알렉산더.' 사람들은 그를 두고 그렇게 수군거렸다. 영웅은 호색이란 말이 무색하게 알렉산더는 그때까지 단 한 명의 부인도 갖고 있지 않았다. 그는 남자들과의 정복 사업을 더 좋아했으며 여자란 불편한 존재라고 생각했다. 그렇잖은가? 사막의 바람처럼 말을 타고 세계를 누비는 사내에게 여자에 대한 탐닉이 어떤 오르가슴을 줄 수 있겠는가? 일에 빠진 남자들은 성욕이 끊기는 법이다. 아마도 그날 밤 알렉산더를 움직인 것은 록산느의 육체적인 아름다움보다는 록산느의 야심이었을는지도 모른다. 어쨌든, 그날 밤 남자가 여자의 야심을 탐닉했든 여자가 남자의 권력을 탐닉했든 간에 록산느는 알렉산더의 정실부인이 되었고 정복자의 안주인이 되었다. 당연히 알렉산더의 후계자는 그녀의 아들이 유일했다.

록산느는 알렉산더에게 최선을 다했지만, 록산느가 더 헌신적이 될 때마다 알렉산더와의 거리감은 조금씩 더 커져갔다. 그리고 알렉산더는 다시 정복전쟁의 길에 나섰다. 그가 가는 길마다 새로운 길이 뚫리고 그가 가는 도시마다 새로운 도시가 계획되었다. 그러나 인도 정복을 끝으로, 더 이상 정복할 땅이 없다고 생각했던 그는 회군을 결정한다. 그 길에 그는 병을 얻었고, 동시에 마케도니아 대정복국가의 후계자가 록산느로부터 태어나게 된다.

대왕은 죽고, 후계 구도를 둘러싼 비열한 암투는 자연히 록산느와 핏덩이인 알렉산더의 유일한 아들의 제거로 귀착되고 결국 록산느는 암살자들을 피해 망명과 도피의 생활을 전전하다 그의 아들과 함께 먼 타국 땅에서 살해되는 비운의 왕비가 된다. 가장 위대한 남자를 사로잡았고, 이집트, 터키, 페르시아, 인도를 포함한 광범위한 지역의 새로운 주인을 아들로 가진 여자였으나, 불행한 어머니였고, 남자를 통해 설 수밖에 없었던 여인의 비극을 한 몸에 고스란히 받아들인 비운의 왕비였다. 클레오파트라의 비극은 비장하나, 록산느의 비극은 처참했다.

메디아의 왕녀 아미티스와 마케도니아의 왕비 록산느의 사랑을 간직한 공중정원은 사랑의 폐허로 시간 속에 묻혀갔고, 신기루 같았던 사막의 꽃은 사막의 자식들에게 복원해야 할 미래로, 사막의 노래로 구전되었다. 그 후 오랫동안 옛 바빌로니아 지방에 있었던 하늘에 매달린 정원의 이야기는 많은 건축가들의 상상력을 자극했고, 끊임없이 그 실체를 증명하고자 하는 작업들이 진행되었다. 후대의 건축가들은 정원을 하늘에 매단 바빌로니아의 위대한 건축가 함무라비의 방법을 알기 위해 여러 가지 방법들을 동원해 그 숙제를 풀려 했고, 고고학자들은 끈질기게 유프라테스 강 유역을 헤매고 다녔다.

그리고 1448년, 한 고문서 수집상에 의해 우연히 함무라비의 설계 초안이 스케치된 두루마리가 발견된다. 그 두루마리는 심하게 훼손이 되어 있었지만 하늘에 매달린 정원의 실체를 증명하기에 충분한 것이었다. 그 설계도에는 정원을 받치고 있을 거라고 추측했던 아치의 터널 같은 것은 존재하지도 않았고, 정원은 말 그대로 공중을 부유하고 있었다. 중력의 힘을 거꾸로 이용하여 대지를 하늘에 띄웠고, 물은 유프라테스 강이 물을 끌어들인 것이 아니라 떠 있는 대지 자체 내에서 생성되었다. 당연히 숲은 마치 뿌리처럼 밑으로 가지를 뻗었고, 모든 교통수단은 사라지고, 사람들은 허공에 떠서 이동했다. 그리고 이 가공할 역사가 이 한 장의 두루마리에 의해 비밀리에 복원되었다.

우리에게 이 섬의 주민이었다고 알려진 유일한 사람, 화가 르네 마그리트는 이 하늘의 섬을 그려 보여 주었으나, 아무도 그것을 현실이라고 부르지 않았다. 사람들은 『걸리버 여행기』를 농담이라고 생각했고, 미야자키 하야오는 할 수 없이 그것을 역사가 아닌 만화로 그려낼 수밖에 없었다. 그리고 지금도 많은 건축가들은 이 정원을 현실로 옮기기 위해 밤을 새우고 있다.

사랑은 가도 꿈은 남는다.

느티나무 아래에서의 축복

안개는 늘 강을 넘고 길을 건너, 과수원을 타고 골조만 앙상하게 남아 있는 아파트 현장으로 내려와 머물다가 어둠과 함께 강으로 돌아갔다. 일찌감치 출근한 인부들이 삼삼오오 모여 화톳불을 피우며 작업지시를 기다릴 때, 나는 2층의 현장 사무실 거울 앞에서 안전모를 쓰며 내가 이 일을 계속해야 하는지 어떤지 회의하곤 했다. 그게 1989년이었으니까 지금도 그렇지만 그때도 내 인생은 오리무중이었나 보다.

성실하게 무엇을 차근차근 해 나가는 것보다 모든 일에 비약이 심하고, 처음부터 끝까지 일을 장악하고 계획하는 데에 더 흥미를 느꼈던 나에게 어쩐지 시공 일은 괜히 갑갑한 일처럼 느껴졌다. 그 시절에는 먼지 이는 건설현장에는 뜻이 없었고, 소양강에 피어오르는 안개와 그 속에서 유유히 헤엄치는 새벽의 오리들, 하얗게 얼어붙은 천변의 백목들에게 나를 제물로 바치고 싶었을 뿐이었다.

내가 차 반장을 만난 건 그 무렵이었다. 이제 막 시작하는 현장이라 누가 누구고 할 것 없이 서로 낯설었고, 낯섦 때문에 현장은 활기보다는 이상한 웅성거림이 포클레인이 할퀴고 간 자리를 무겁게 메우고 있었다. 그때, 유일하게 그런 분위기에 아랑곳없이 황량한 한복판에서 두 다리를 진흙밭에 앙버티고 오래도록 현장을 주시하고 있는 사람이 있었다. 슬쩍 반감을 자아내는, 다른 사람과 달라 보이는 그가 나에게 악수를 청했다. 차 반장이었다. 차 반장은 형틀 목수들을 이끄는 소위 목수 '오야지'였다. 각진 은테 안경에 체구는 자그마했고, 작업회의 때마다 눈을 가늘게 뜨고 있다가 가끔씩 내놓는 그의 의견은 논리적이었다. 도무지 그런 거친 일을 할 사람처럼 보이지 않았고, 차라리 한적한 어느 시골 마을의 선생님 같은 분위기였다. 나는 그런 그에게 첫인상을 지우고 호감을 가졌다.

그러나 그는 묵묵히 자기 일만 했다. 다른 사람과 어울리지 않았고, 현장 기사들과도 사무적인 태도로 일관했다. 그만큼 일은 정확했고, 준비도 철저했다. 현장에서의 술판은 일꾼들을 위무하기도 하고 독려도 하는, 그 당시에는 필수적인 여흥이었음에도 그는 술을 입에 대지 않았다. 인부들은 그의 그런 점을 마뜩잖게 생각했다. 그만큼 그의 태도는 '노가다'답지 않게 반듯했고, 그런 점이 다른 인부들과의 거리감을 만들고 있었다. 나 역시 막연한 호감은 갖고 있었지만 인부들과 같은 이유로 그와는 서로 서먹서먹하게 지냈을 뿐 아니라 일에 있어서는 늘 사사건건 대립했다. 회사의 입장에 있던 나는 항상 그에게 교과서적인 작업 수행을 바랐고, 그는 언제나 풍부한 경험을 바탕으로 유연하고 합리적인 방법을 고집했다. 건물이 바로 서 있는가를 검사하는 도구로 나는 레벨기계를 썼고, 그는 사괴부리를 썼다. 그는 내가 레벨기계로 점검한 것들을 사괴부리로 다시 교정했다. 당시 학교를 막 졸업하고 처음 현장에 나와 있던 나에게 단지 실에다 추를 매단 것에 불과한 사괴부리는 원시적인 도구로 여겨졌다. 나는 다시 고칠 것을 요구했고, 그는 사괴부리가 더 정확하다고 나를 설득했다. 물량 계산도 서로 달랐다. 그와 나는 정말 많이 싸웠다. 언성을 높이는 건 물론, 멱살을 잡고 난투극 일보 직전까지 가기도 했으니까.

그러다 설계를 해야겠다는 확신이 선 나는 회사에 사표를 제출했고, 회사 측 직원들과 여러 작업반장들의 배웅을 받으며 현장을 떠났다. 그 배웅의 자리에 차 반장의 얼굴은 보이지 않았다. 아마 꼴도 보기 싫은 모양이려니 생각하고, 하나도 아쉬울 것 없는 현장을 서둘러 나왔다. 그렇다고 나를 반갑게 맞아 줄 다음 직장이 준비된 것도 아니라서 마냥 가벼운 발걸음은 아니었다. 막 현장을 벗어나는 길어귀에 접어들었을 때, 나는 거기서 차 반장과 마주했다. 그는 막걸리를 받아 동리의 느티나무 아래 평상에서 나를 기다리고 있었다. 그때 나는 그가 음주하는 것을 처음 보았다.

"여기 앉아 있으면 고향 생각이 나요이잉."

그가 나에게 건넨 첫 마디였고, 우리는 평상에 앉아 막걸리 한 통자를 다 비웠다. 그리고 일어서서 악수를 나누었다.

"성공하쇼이잉."

커다란 느티나무 아래서 그가 나에게 주었던, 그 남도 억양의 축복을 생각한다.

非웃음, 悲웃음, 卑웃음

고등학생 때의 일이다. 유난히 말이 없는 스승이 있었다. 그분은 항상 인사도 받지 않고, 출석도 부르지 않았다. 언제나 주번의 '차렷', '경례'의 구령과 함께 바로 돌아서서 칠판에 문제를 풀기 시작했다. 이과 수업을 듣고 있었던 나는 그분에게 수학Ⅱ 과목을 배웠다. 키가 6척이고 귀밑 턱이 각이 진데다 도끼눈을 하고 있어서 우리는 모두 말이 없는 스승을 말없이 두려워했다.

나는 그런 그분을 내심 따랐다. 그렇다고 수학 공부를 열심히 하거나, 수업에 열중했던 것은 아니다. 그저 다른 수업 시간에서처럼 아무 생각 없이 낙서를 하거나 딴생각에 열중했다. 나만 그런 것이 아니라 다른 학생들도 마찬가지였다. 그도 그럴 것이 아무 말 없이 뒤돌아서서 문제만 주욱 풀어 나가는 수업 방식은 너무나 지루했고, 문제의 풀이를 계속 따라가는 것은 난삽한 사춘기 아이들의 집중력으로는 아무래도 역부족이었다. 그러나 대놓고 떠들기에는 과묵한 스승이 두려웠고, 그 두려움 때문에 모두들 저마다의 장난질에 빠져서 수학 시간을 허비해 버리기 일쑤였다.

그러나 스승은 그런 학생들의 태도에 일언반구 말이 없었다. 그는 언제나 칠판 가득 문제를 풀고 나면 그것을 받아 적는 학생들에게 베껴 쓸 여유조차 주지도 않고 바로 지워 버리고 다시 문제를 풀어나갔다. 모범생들은 그럴 때마다 아, 하는 작은 아쉬움의 탄성을 내보내곤 했는데 두셋쯤은 거의 동시였다. 덕분에 내 수학 노트는 다음 학기에도 새로 장만할 필요가 없을 정도였다.

유난히 화창했던 어느 봄날이었나 보다. 그날의 학생들은 별나게 웅성댔고, 저마다의 장난질에도 싫증이 났는지 끼리끼리 쑥덕대며 이례적으로 킥킥대기까지 했다. 전에 없던 상황이 벌어진 것이었다. 나는 순간 일말의 불안감을 느꼈다. 스승과 학생들 간의 어떤 묵계가 깨어지고 있다는 생각이 순식간에 머리를 스쳤다. 한 번 풀어지기 시작한 학생들은 변성기의 목소리를 감추려 들지도 않았고, 시간이 지날수록 점점 더 요란해져갔다. 나는 스승의 어깨를 바라보았다. 아무런 동요도 일고 있는 것 같지는 않았지만 분명 어떤 불안을 감지할 수는 있었다. 나는 학생들을 둘러보았다.

짝과 소곤소곤 이야기를 나누는 친구들은 여럿이었고, 서로의 팔꿈치를 맞대고 힘겨루기를 하는 학생들, 심지어는 책갈피를 뒤적여 페이지 수로 '섰다'를 하는 놈들도 있었다.

나는 이 사태가 가져올 종말에 대해서 극심한 불안을 느끼지 않을 수 없었다. 그래도 모범생들은 여전히 스승의 판서를 노트에 적기 바빴고, 나는 어서 수업의 끝을 알리는 종이 울리기만을 기다렸다. 학생들을 진정시키기에는 처음부터 이 수업에서 그런 역할을 맡은 사람은 없었던 것 같고, 계속해서 스승의 인내심을 기대하는 것은 너무나 불확실한 게임이었다. 학생들의 소란은 그렇게 내 불안과 함께 점점 더 커져갔다. 그때, 더욱 커지는 소란만큼의 침묵이 우리 모두들 앞에 떨어졌다.

갑자기 칠판에 부딪는 분필 소리가 뚝, 하고 멈춰 버린 것이었다. 그리고 거의 동시에 아이들의 소란도 일시에 멈춰 버렸다. 그것은 정말 신기한 일이었다. 어떻게 이 소란을, 단 한 획을 쉬었을 뿐인 침묵이 일거에 점령해 버릴 수 있다는 것인가? 학생들은 분명 그 침묵에 얼른 제자리를 잡을 생각도 못 한 것 같았다. 그들은 모두 하던 동작을 멈추고 교탁을 주목하고 있었다. 그들은 그제야 어떤 불안을 보고 있는 것 같았다.

판서를 멈춘 스승은 어깨를 한참 동안이나 정지시키고 있다가 아주 서서히 학생들 쪽으로 몸을 돌렸다. 그리고 그 시간은 우리 모두에게 아주 지루한 형벌과도 같았다. 스승은 예의 도끼눈으로 우리를 바라보았다. 그 표정은 평상시의 그것처럼 여전히 두려움의 대상이었지만 특별히 화가 나 있거나 다른 분노를 찾아볼 수 있는 유난스러운 것이 아니었다. 그리고 천천히 스승의 입에서 한 단어가 발음되어 나오기 시작했다.

"개애- 새끼들."

수업은 거기서 끝이 났다. 스승은 책을 덮고 교실을 떠났지만 자리에서 일어서거나 옆 사람과 수군대거나 물을 먹으러 간다거나 화장실로 가는 학생들은 없었다. 허탈한 움직임은 그렇게 수초가 지난 후에 일어나기 시작했다. 아무도 표현하지는 않았지만 우리는 모두 심한 자괴감을 숨기고 있었다.

수치, 모욕, 굴욕 같은 것들. 그때의 우리들로서는 목숨을 걸고라도 지워 버리고 싶은 단어들을 그렇게 순하게 받아들였다는 것은 스승의 수업을 끝까지 지켜주지 못한 우리의 한심함이 더 부끄러웠기 때문일 것이다. 정말 우리는 개새끼들이었던 것이다. 그때 스승의 얼굴에 비웃음이 서려 있었는지는 잘 기억나지 않지만 웃음이 아닌非 유일한 웃음이 비웃음이라면 나는 그때보다 더 심한 자기비하에 시달렸던 적 없고, 우리의 수업을 지켜주던 묵계를 깬 학생들의 배신을 보는 그 슬픈悲 웃음처럼 고통스러웠던 웃음도 없었으며, 그 당당한 침묵을 깨고 내려진 벌보다 더 천한卑 벌을 받은 적도 없었다. 그때 우리는 모두 개새끼들이었고, 진심으로 패배를 인정한 처음이기도 했다.

습관과 원칙

나에게는 이렇다 할 습관이 없다. 무엇을 먹을 때도, 입을 때도, 일할 때도 별 다른 행동을 보이는 법이 없다. 그러나 원칙은 있다. 습관이 몸의 리듬을 일깨우기 위한 전주와 같은 것이라면 원칙은 이성을 바탕으로 어떤 일을 합리적으로 처리하기 위해 처음에 주어지는 조건과 같은 것이다. 그래서 습관이 개인적인 것이라면 원칙은 보다 조직적인 개념이다. 개인적인 원칙이라는 말도 있지만 그럴 때의 원칙은 습관보다 느슨해진다.

그러나 조직에 있어서는 습관이 원칙보다 훨씬 느슨한 개념이 된다. 습관이 조직에 끼어들면 그 조직은 구태의연해진다. 조직은 반드시 합리적인 원칙을 가지고 있어야 한다. 그러나 개인적인 원칙이라는 것은 왠지 사람을 딱딱하게 만든다. 자기의 개인적인 원칙을 어떠한 경우에도 바꾸지 않는 사람을 우리는 융통성이 없다고 한다.

원칙에는 인간적인 모호함이 결여되어 있다. 그러나 습관은 그렇게 하는 스스로도 알 수 없는 모호함이 있다. "내가 왜 그랬지?" 하고 스스로에게 묻게 만드는 이 행동이 바로 습관의 정체다. 물론 그 습관이 왜 생겼느냐고 추적해 보면 답도 없지 않겠지만, 그 답이란 것도 아마 자기 습관을 합리화한 것일 터이다. 그리고 습관에는 일정 부분 터부라는 것도 작용한다. 어떤 일을 잘 하기 위해서 그 일의 초기 조건 중에, 혹은 일의 끝에 스스로 터부를 만들어서 그것을 지키도록 하는 것도 습관의 다른 얼굴이다. 이것은 원칙과 상당히 유사하지만 그 조건의 근거가 희박하다는 점에서 원칙과 차이가 있다.

터부의 의미가 큰 습관은 사회적으로도 의미가 있다. 샤머니즘에서 흔히 볼 수 있는 의식은 모두 이러한 터부성 습관과 긴밀한 연관이 있다. 지금은 찾아보기 힘들지만 술을 마실 때 새 병을 따면서 하는 고수레도 일종의 터부성 습관이다. 이 터부에 과학적 근거를 대면 또 원칙이 된다. 술의 부유물을 없애기 위해서, 혹은 술병의 녹을 제거하기 위해서 등등의 이유가 생기면 그것은 원칙이 되기 쉽다. 그러니까 습관과 원칙은 몸과 이성으로 나뉘면서 개인적인 의미와 조직적인 의미에서 서로 다른 가치를 지니게 된다.

옛적에는 집을 지을 때는 터주 신에게 항상 고사를 지냈다. 이 관습은 아직까지도 이어지고 있지만 많이 사라진 것도 사실이다. 가끔 건축주로부터 "고사를 꼭 지내야만 할까요?" 하는 물음을 받는다. 건축주로서는 비용도 들지만, 무엇보다 여간 귀찮은 일이 아니기 때문이다. 그럴 때마다 나는 할 수 있으면 꼭 지내라고 말한다. 한 발 빼고 있는 말인 듯 보이지만 내 딴에는 나름대로 의미가 있는 말이다. 고사를 지내지 못 할 정도로 촉박한 현장은 준비가 그만큼 덜 되어 있다는 말이다. 그런 현장에는 여지없이 문제가 생긴다. 그러나 고사를 지내는 현장은 그만큼 여유가 있고, 준비도 대부분 잘 되어 있다. 그러니 문제가 생길 확률도 줄어든다. 할 수 있으면 고사를 지내고 땅을 건드리는 게 좋다는 말에는 땅에 대한 외경도 있지만, 그 고사로 산신도 위로하고 터주신도 위로하고, 주변에 살고 있는 주민들도 위로할 수 있기 때문에 좋은 것이다. 공사 중에는 소음도 발생하고, 먼지도 많이 날린다. 고사를 잘 지내고 먹음직한 음식을 나눠 먹으면, 이웃들이 신축에 대한 민원을 관에 넣는 일이 그만큼 줄어든다. 옛적부터 지켜온 관습에는 뭔가 이유가 있다. 그래서 관습이다. 자꾸 하다 보니까 굳어진 게 습관이라면, 분명한 이유를 가지고 하다 보니까 몸에 배인 게 관습이다.

예전에는 글을 쓰기 전에 항상 방을 깨끗하게 청소하고 책상을 가지런히 정돈하고 난 다음에야 의자에 앉았다. 그러다가 점점 귀찮아지면서 책상만 깨끗이 하고 방은 그대로 내버려뒀다. 그리고 이제는 아예 책상도 치우지 않는다. 책이 여기저기서 뒹굴고, 재떨이가 엎어지고, 찻잔이 나뒹굴어도 아랑곳하지 않게 되었다. 전에 나는 글을 쓰기 전에 책상을 치우면서 내 머릿속을 깨끗이 한다는 생각을 했다. 이것은 터부성 습관에 가깝다. 책상을 깨끗이 한다는 것과 새 글을 쓸 나의 머리를 깨끗이 비운다는 것은 물리적으로도 상징적으로도 연관이 있기 때문이다. 그러나 나의 길 찾기는 순수한 습관에 속한다. 어떤 의미에서 길치라고 할 수 있는데, 어떤 장소를 들었을 때 실제적인 그 장소의 위치와는 상관없이 처음에 내 머리 속에 그려진 지도에 전적으로 지배당한다. 아무리 옆에 탄 사람이 좌회전을 외쳐도 나는 그렇다고 생각만 할 뿐, 핸들을 반대편으로 틀고는 그런 내 행동에 놀란다. 옆 사람도 어이가 없다. 나도 미안하다. 내가 왜 그랬지? 나도 모르는 내 몸의 습관 때문에 나는 좀 모자란 사람 취급을 당하기도 한다. 억울하지만 아주 틀린 얘기는 아니기 때문에 참는다. 도대체 내 몸은 무슨 생각을 하는 걸까?

사랑을 통해 발견하는 나의 죽음

우리는 누구나 사랑을 한다. 이건 기적이다. 먹어야 사는 이 당연한 생리적 구조에서도 세끼를 다 못 먹는 사람도 있고, 남들 다 자는 잠을 못 자 고생하는 사람도 있다. 이렇듯 당연한 일인데도 그 당연함이 당연하지 않은 경우도 많다. 그런데 사랑은 얼마나 특별한가? 특별한 경우인가? 아직 사랑을 못 해 본 사람은 있지만 우리는 생을 살아가면서 누구나 한 번쯤은 사랑을 하게 된다. 한 번도 사랑을 해 보지 못한 사람은 아직 사랑을 못 해 본 사람일 뿐이다. 그러니 기적이다. 누구에게나 다 오는 것, 그래서 사랑은 기적이다. 때로는 짝사랑에 괴로워하기도 하고, 사랑하면서도 헤어져 있어야 하는 고통에 휩싸이기도 하고, 때로는 사랑하는 사람이 옆에 있어서도 괴롭지만, 어쨌든 사랑은 어떤 형태로든 우리에게 한 번쯤은 온다. 그리고 그 기적의 순간을 잊지 못하고, 그 희열과 고통을 한 번 더 바라게 된다. 사랑했던 기억이 잊힐 수 있을까? 그 사람의 체취야 잊을 수 있겠지. 그 사람의 취향이야 잊을 수 있겠지. 그 사람의 얼굴도 잊을 수 있을 것이다. 이렇게 모든 것을 잊었다 하더라도 그 사랑의 기억은 우리에게 남아 이데아로 간직된다.

그 이데아는 저 깊은 무의식 속에서 감각이 아닌 순수한 형상으로 남아 있게 된다. 그 형상은 새로운 사랑을 만났을 때 두려움이나 낯익은 기억으로 불쑥 떠오른다. '사랑이 지겨울 때가 있지'라는 노래는 사실 사랑의 대상에게 하는 말이 아니라 이 두려움의 정체에 대해 던지는 독백 같은 것이다. 사랑에 대해 우리가 얼마나 용감해지는지 보라. 그 두려움 때문에 눈앞에 사랑을 놓치는 사람들은 용기가 없는 사람들이다. 이 용기는 폭력 앞에서 자신을 지키는 용기와 다르다. 폭력 앞에서의 용기는 나를 지키고자 하는 최소한의 저항이다. 그러나 사랑 앞에서의 용기는 나를 버리는 용기이다. 그것은 저항이 아니라 항복이다.

나는 잘못도 없으면서
한없이 빌고 싶었다
－박재삼, 「달밤이 어느새」 중에서

박재삼이 이야기했던 그런 항복, 그러나 좀 더 깊이 들어가 보면 그것은 나에 대한 부정이라는 의미에서의 항복이다. 나에 대한 부정이 무엇인가? 그것은 곧 죽음이다. 나의 죽음. 사랑의 기억이 우리에게 남겨준 순수한 형상, 그것은 죽음의 모습이다. 사랑 앞에서 두려울 때, 우리는 이 죽음의 형상을 떠올린다. 너는 다시 너를 죽일 수 있는가? 이 질문 앞에서 "그렇다."라고 말하는 사람은 용기 있는 사람이다. 그는 다시 죽음을 경험하게 될 것이다.

첫사랑의 기억이 그토록 우리에게 집요하게 매달려 사는 것은 바로 이 때문이다. 인간의 유년은 자아에 눈뜨게 되는 시기이다. 갓난아이는 자신의 신체를 신기해한다. '나'라는 의식이 아직 없다. 그러다 부모를 의식하면서 나와 타자에 대한 구분이 생기고, 청소년기를 거치며 자아가 형성된다. 그때까지, 우리가 아직 사랑이라는 경험을 하지 못할 때까지, 나는 한 번도 나 이외의 것이 되어 본 경험을 갖지 못한다. 사랑은 이 '나'를 한순간에 깨버린다.

우리는 처음으로 타자에 대해 열망하게 된다. 나는 저 타자의 시선 안에 있을 때에만 의미가 있다. 내가 처음으로 나 아닌 타자에 의해 규정되는 이상하고 야릇한 순간을 경험하게 되는 것이다. 그 안에서 나는 이미 죽은 것이다. 내가 나 홀로일 때, 나는 아무 의미가 없다. 오직 너의 안에 있을 때에만 나는 나의 의미가 생긴다. 이것이 바로 나의 죽음이다. 우리는 사랑을 통해 처음 나의 죽음을 경험한다. 어떻게 이 강렬한 경험을 잊을 수 있다는 말인가? 그래서 모든 첫사랑은 영원히 기억된다. 우리가 육체적인 죽음을 맞이할 때까지. 그러나 물론 이 기억은 대상에 대한 기억이 아니다. 그 순수한 형상의 기억이다. 그러기에 더욱 강렬한 것이다.

『트리스탄과 이졸데』에서 이졸데는 원래 얼굴 한 번 본 적 없는 마르크 왕과 결혼하기로 되어 있었다. 그러니 무슨 사랑의 마음이 생기겠는가? 그래서 이졸데의 어머니는 유모에게 마르크 왕과 이졸데에게 먹일 사랑의 묘약을 만들게 한다. 그런데 이게 잘못돼서 이졸데를 마르크 왕에게 데려다 주는 임무를 맡은 트리스탄이 이졸데와 함께 마시게 된다. 두 사람은 금방 사랑에 빠진다. 그러나 그럴 리가 없다. 이 둘은 이미 서로 사랑을 느끼고 있었지만 그 감정의 상태가 뭔지 잘 몰랐을 뿐이다. 나중에 뭔가 잘못됐다는 것을 안 유모가 트리스탄에게 달려와 말한다.

"그대는 죽음을 마셨다."

이때 트리스탄은 이렇게 얘기한다.

"죽음이라니……. 이 사랑의 고통 말이오?"

이 말은 문학적 과장이 아니다. 여기서 죽음은 사랑의 대상 앞에서, 최초의 타자 앞에서의 나의 죽음이고, 고통은 사랑하기 때문에 불가능해지는 사랑에 대한 고통이다. 여기서 김진수가 말한 '사랑, 그 불가능한 죽음'이라는 역설이 가능해진다. 사랑은 무엇으로도 완성되지 않는다.

모든 드라마의 결말과 달리 결혼은 사랑의 완성이 아니다.

사랑의 완성은 불가능하다. 결혼은 단지 관계의 약속이다. 그래서 부부일심동체라는 말은 틀렸다. 이심이체二心異體다. 따라서 누구를 위한 희생은 결혼생활의 조건이 될 수 없다. 단지 관계를 위한 희생이 필요할 따름이다. 그 관계 속에서 사랑은 좀 더 무르익는다. 죽음이 아니라 삶의 모습으로.

사랑은 그런 자기 환멸에서부터의 출발이다.

사랑은 사내를 황폐하게 한다. 황폐해진 사내는 이후로 모든 사랑을 개관한다. 더 이상 연소되지 않는 사내의 식은 열정은 허무한 욕망의 그늘 속에서만 되살아난다. 첫사랑의 상처를 화상처럼 간직한 사내는 그것을 또 다른 사랑이라고 착각하며 산다. 그런 허구의 사랑을 받아들이는 슬픈 여자의 눈빛도 그렇다. 어차피 사랑도 그런 가설을 따라 실험되는 하나의 허구이고, 우리의 삶도 마찬가지다.

사랑의 이름으로 아름다워진 육욕은 서로가 서로를 탐닉하려 들고, 탐닉의 허무는 사내를 바람보다 가볍게 만들고 여자의 눈을 슬프게 한다. 사내는 황폐해진다.

교미 후에 수컷을 잡아먹는 버마제비의 행태를 교미 행위와 수컷을 잡아먹는 행위로 구분지어 생각하는 것은 잘못이다. 오히려 그렇게 구분된 두 개의 연속적인 행위는 똑같이 하나의 교미행위로 보아야 한다. 즉 버마제비의 수컷 먹어 치우기는, 교미행위의 절정에서 느끼는 극단적인 극치감으로 이해되어야 한다는 말이다.

한 여자가 사내를 사랑할 때, 여자가 자기의 모든 것을 건다는 일반적인 생각은 오해다. 외려 사내의 모든 것을 소유하려는 욕구로 인해 그렇게 보일 뿐이다.

파리에서 유학 중이던 일본 학생이 짝사랑 하던 여인을 살해하고 그 시체를 자기 집 냉장고에 보관하며 먹은 엽기적인 행각을, 사랑에 빠진 이들은 늘 어느 정도는 유사한 형태의 행동으로 옮기고픈 충동을 느낀다.

사랑하는 이들은 서로를 삼키려 한다. 그리고 사랑은 언제나 엽기성을 띠게 마련이다. 진정한 사랑을 해 본 이들이라면 사랑의 그 진한 엽기성에 한두 번쯤, 아니면 수시로 몸을 떨고 있는 자신을 발견하고 화들짝 놀랬던 적이 있었을 것이다. 생각해 보면 동반 자살의 행태는 얼마나 엽기적인가? 또 키스의 형식은 얼마만 한 엽기성을 띠고 있는 것인가? 지구상의 어떤 동물도 성행위 시 자신들의 타액을 교환하지 않는다. 여성들은 때론 남자에게 폭행당하는 것으로 그 남자의 사랑을 확인하곤 한다. 실제로 남자는 자기 소유(?)의 여자가 아닌 여자에게는 웬만해서는 폭력을 행사하지 않는 것이 일반적이다. 성폭행일 시는 물론 경우가 다르겠지만 말이다. 거기에는 분명 비밀스러운 마조히즘과 사디즘의 욕구가 꿈틀대고 있다.

이러한 예의 극단적인 경우를 우리는 잘 알고 있다. 브라질과 베네수엘라에 거주하고 있는 1만 명의 아메리카 인디언 부족의 하나인 야노마모족의 여인들이 그들이다. 민족지학자인 나폴레온 샤그논의 말에 따르면, 야노마모족의 여인들은 남편들에게서 얻어맞는 것을 은근한 자랑으로 여긴다는 것이다. 그 여인네들은 심지어 그들을 연구하기 위해 방문했던 한 여류학자의 상처 하나 없는 머리를 보고 그녀와 관계를 가진 남자들이 그녀를 충분히 보살펴주지 않은 것이 확실하다고 혀를 찼다고 한다.

엽기적인 연애의 풍속은 르네상스 시대 여성 의복의 변천에서도 찾아볼 수 있다. 르네상스 시대의 여성들은 다분히 의도적인 유방 노출을 마치 얼굴이나 손을 감추지 않는 것처럼 자연스럽게 생각했는데, 그것은 남성을 유혹하는 중요한 연출이었다. 그래서 그 시대에는 어깨와 가슴이 파인 옷인 데콜테가 유행병처럼 여성들에게 번져 나갔다. 그런 성공적인 연애를 위한 여성들의 자구책은 자신들의 몸매를 보다 탄력 있고 매력적으로 보이도록 고안된 코르셋을 탄생시켰다.

그러나 장기간의 코르셋 착용에 따른 부작용은 갈빗대가 오그라들고 하복부의 충혈, 심지어는 몸이 기형으로까지 이어졌다. 그러나 이 유방이 불거져 나오도록 고안된 속옷은 많은 여성들의 각광을 받으며 계속적으로 유행되었다. 여성의 아름다운 몸매와 성공적인 연애를 위해 만들어진 발명품 가운데 가장 획기적인 품목은 역시 하이힐이다. 하이힐은 코르셋이나 데콜테처럼 억지로 몸을 압박해서 얻어지는 미봉책과는 달리 근본적인 해결책을 제시했다. 하이힐은 구조상 상체를 앞으로 기울게 하므로 당연히 넘어지지 않으려면 상체를 뒤로 젖히지 않을 수가 없게 되어 있다. 그러다 보니 자연스럽게 가슴은 도발적으로 내밀어지게 되고 전 체중을 최소한의 단면적으로 지탱하다 보니 종아리의 근육이 잘 발달하게 되어 여성들은 자신의 각선미를 훨씬 효과적으로 관리할 수 있게 되었다. 그리고 그 놀라운 발명은 오늘날까지도 미니스커트와 더불어 여성들의 사랑을 받고 있다.

우리의 연애처럼 우리들의 연애 풍속도 이렇듯 엽기적이다. 변심한 애인의 환심을 사기 위해 돈이 필요했던 여자는 아이를 유괴해 죽인다. 정부를 위해 남편과 자식들의 몸에 석유를 뿌리고, 사랑하는 남자를 위해 몸을 판다. 여자의 마음 하나 얻기 위해 남자는 때론 한없는 고립을 택하기도 한다. 흔히 들리는 대중가사처럼 "나의 길을 가기보다 너와 머물고만 싶"게 만드는 사랑, 어차피 사랑은 엽기적이지 않은가.

현대인의 화려한 사랑도 따지고 보면 야노마모족의 사랑과 별다를 것이 없고, 사랑은 늘 자기 환멸을 바탕으로 한다.

이오네스코 식으로 말하자면 여인의 성기는 복부 밑 다리 사이에 항상 나 있는 일종의 상처이다. 어떤 심연深淵, 특히 치유할 수 없는 크고 깊게 열린 상처 같은 것이다. 그러나 남성의 성기는 얼마나 위악스러운 것인가. 나는 한때 거세의 충동을 강하게 느낀 적이 있었다. 생각해 보면 어이없는 고민에 열중하던 시기였지만, 당시의 나는 절실했고 매일 폭주하는 것으로 나날을 죽이고 있었다. 그리고 그 날도 버스비도 없이 술을 마셔 버리고 귀가하는 길이었다. 단세포의 장腸처럼 기다랗게 계획된 원주 시내를 걷다가 나는 이유 없이 모든 것을 잃은 느낌이었다.

지금도 그렇지만 불안정한 나이의 까닭 없는 분노와 복받치는 설움에 나는 눈물 대신 옷을 벗었다. 완전한 알몸으로, 벗은 옷은 강을 건너는 사람처럼 머리 위로 동여매고 별 수치감 없이 원주 시내를 활보했다. 원주에 가 본 적이 있는 사람은 알겠지만 원주 시내는 곳곳에 군부대가 있는데, 군부대의 정문에는 으레 커다란 탐조등이 두 개씩은 설치되어 있기 마련이다. 갑자기 내 몸이 밝아지더니 도로 양편에서 야간 경계를 서던 군인들이 쑥덕이기 시작했다. 동네 슈퍼를 지날 때에는 여자들의 비명 소리와 사람들의 한심스러워 하는 비웃음이 곁을 스쳤다. 나는 턱없는 자랑스러움으로 그들 곁을 지나왔다. 그리곤 참을 수 없는 웃음으로 뛰었는데, 그때 나는 처음으로 복부 밑으로 흉악하게 튀어나온 나의 성기가 얼마나 거추장스러운 물건인가를 느꼈다. 그 잠깐 동안 나는 강한 거세 충동을 받았던 것이다.

그 다음 이야기를 사족처럼 하자면 내가 사는 아파트 입구의 가로등에 비친 내 모습을 뒤 베란다에서 지켜보신 어머니는 혼절하셨다. 나는 그것도 모른 채 취해 잤고, 다음날 아침 눈 뜬 내 동공에는 어머니의 얼굴이 크게 클로즈업 되어 왔다.

"병원에 한번 가 보자."

시인 진이정은 '추억은 엽기적이다'라고 노래한 바 있다. 그렇다. 모든 추억은 모든 사랑의 기억들과 통한다. 모든 사랑의 기억들은 스스로 그 화인의 뜨거움을 받아들임으로써 엽기적이고, 추억은 그래서 엽기의 행각으로 가득 차게 된다.

여성의 깊은 상처와 남성의 거세하고 싶은 위악의 자기 환멸은 서로의 환멸을 감싸 안으면서 자기 환멸을 긍정적인 것으로 이해하려 한다. 어차피 사랑은 그런 자기 환멸에서부터의 출발이고, 자연히 그 형태는 엽기적으로 보일 수밖에 없는 것이다. 아름다움에 대한 여성의 욕구는 곧, 그대로 자신의 깊은 상처에 대한 자기 환멸인 동시에 끝없는 자기애로의 전환을 꿈꾸는 고독한 사랑이다.

사랑해

"사랑해……."라고 그 여자가 말했을 때 나는 얼마나 암담한 기분이었던가. 나는 여자의 얼굴을 한없이 쳐다보았다. 아니 한없이 쳐다보았다고 느꼈다. 무엇인가가 나를 종용하고 있었고 나는 얼른 그 무엇인가 종용하는 그대로 그 여자에게 말해 주어야 했다. 한 치의 틀림도 없이 그 무엇인가가 시키는 대로, 그리고 나는 무엇보다 그 종용이 바라는 것을 분명히 알고 있다.

너무나도 절실히 알고 있었지만 나는 왜 얼른 그 말을 뱉지 못했는가. '사랑해…….' 너무나도 간절히 바라는 그녀 앞에서. 여자의 목소리가 아직도 내 귓전에서 맴돌고 있었고 이제 막 사라지려 하고 있었다. 그럼에도 불구하고 나는 무엇을 주저하고 있는가? 아니 좀 더 솔직히 두려워하고 있는가?

이제 조금 더 주저하게 되면 이 여자의 표정은 의아하게 굳어질 것이며 나의 의중을 의심하게 될 것이다. 나의 진실을 들키기 전에 나는 어서 이 조그맣고 귀여운 여자에게 말해 주어야만 하고, 어서 빨리 확신시켜 주어야 한다. 그 황홀한 착각과 오해를. 내가 자신을 사랑하고 있다는 확신을, 그러나 나는 정말 이 여자를 사랑하고 있는가? 과연 그런가?

"안녕하세요?"

여자는 입술을 움직여 소리를 만들어내지는 않았지만 내 등 뒤에서 분명 그렇게 말했다. 나는 고개를 돌려 소리가 울려오는 쪽으로 고개를 돌렸다. 짧은 커트 머리에 무스를 발라 앞머리 몇 가닥을 가지런히 이마로 쓸어내린 머리, 짙은 마스카라를 발라 그늘을 만든 눈은 햇빛에 부셔서가 아니라 제 눈의 부심에 살짝 찡그려 나를 바라보고 있었다. 낙엽색 긴 니트에 흰 발목이 보이고 그 아래로 드러나 보이는 검은 하이힐. 다 기억난다, 여자여. 커피색 피부가 분홍색 루주와 어울려 늘 입맞춤의 유혹을 주던 여자.

"오늘부터 일하기로 하신 분인가 보죠."

나는 그때 일부러 무관심했다. 그때는 왜 그리 자주 눈 부스럼이 났었는지. 나는 늘 한쪽 눈에 번갈아가며 안대를 하고 다녔다. 여자는 나의 그런 볼썽사나운 모습을 재미있어하며 웃었고, 나를 훔쳐보고 있는 여자의 눈길이 느껴질 때마다 나는 가슴이 내려앉는 절망감을 키워나갔다. 애써 그녀의 눈길을 외면했다. 이미 나는 그녀와의 끝을 예감하고 있었던 것은 아니었을까, 아직 시작도 없는 상태에서 이렇게, 벌써.

그래, 시간제 아르바이트를 끝낸 어느 날 저녁 무렵, 쥐며느리 들끓는 창고 겸 골방에서 비디오를 보고 있을 때 여자가 들어왔고, 우리는 얼른 포르노 테이프를 빼냈다. 방의 수상한 공기를 힐난하듯 그녀는 수줍은 눈길을 보냈고, 나는 그녀를 쓰러뜨리고 싶은 강한 충동을 받았다. 그런 어색함을 무마하려는 듯 그녀는 내 이니셜이 붉은색으로 새겨진 검은색 스웨터를 아주 마음에 든다고, 한 번 입어 볼 수 없겠느냐고 물어왔다. 나는 쾌히 응낙했지만 여자가 그 옷을 입을 때는 혹 게으름의 냄새라도 배어 있을까 해서 좀 꺼려지기도 했다. 그런데 여자가 장난스러운 웃음까지 머금으며 자기에게 그 옷을 달라고 했을 때 나는 금방 당치않다고 생각했다. 아, 그때 나는 왜 그 옷을 줘버리지 못했는가? 왜 그 장난스러운 웃음 뒤의 허무를 읽지 못했는가? 병신처럼……. 여자여, 너의 불행이다.

사랑해? 사랑한다. 얼마만큼? 나의 사랑의 부피를 요구하느냐? 어떻게 보여 줄까? 나는 공중전화 박스로 달려가 무작정 다이얼을 돌렸지.

"여보세요? 거기 119죠? 네, 화재 신곱니다. 위치요? 그게 제 심장인데요, 여보세요, 어느 조그만 여자가 제 가슴에 방화했습니다. 빨리 이 불을 꺼주십시오."

"……여기서는 그런 불은 끄지 못합니다. 어서 가서 주무세요. 장난하지 말고."

또 전화.

"여보세요? 거기 112죠? 네, 도둑이 들었습니다. 몽땅 다 가져가 버렸습니다. 그 여잘 잡아 주세요."

"아, 도둑이 여잡니까?"

"네, 내 마음을 도둑질해간 그 작고 귀여운 여자……."

너, 바보처럼, 횡설수설 공중전화 박스의 조명을 받으며 떠들어댔던 그 기억을 추억하는지.

하지만 세월은 사람의 마음까지 도둑질해가 우리들의 사랑은 흔적도 없이 추억만 남아 있을 뿐. 네가 지금처럼 맨 처음 그렇게, "사랑해?"라고 물었을 때처럼, 그리고 내가 지금처럼 아직도 대답 못 하고 우물쭈물, 등 뒤에서 떠밀리고 있을 때 나는 알아차려야 했지. 사랑의, 그 본질의 공허함을. 그 깊은 고독을 미리 알았어야 옳았던 거야. 그 첫 키스의 유혹을 뿌리쳤어야 했던 건데. 그리고 무언가 자꾸 대답을 강요하게 만드는 그 강압적인 배후의 정체를 빨리 알아챘어야 했어. 여의도 그 추운 날의 질문을 나는 아직도 내 귓속에서 듣고 있지.

"사랑해?"

분명 너는 그렇게 말하고 있지는 않았어. 하지만 너는 너의 말을 생략하고 벌써 나의 대답을 기다리고 있었지, 지루하게.

너는 말보다 앞서 먼저 나를 사랑해 버렸다. 그러나 나에게는 모든 것이 혼미했다. 사랑이란 결국 더러운 욕망임을 나는 왜 좀 더 일찍 깨닫지 못했을까. 겨울 강의 찬 밤바람이, 너의 짧은 미니스커트 아래로 뻗은 늘씬한 다리를 핥고 가는 그 욕망이 사랑임을, 그때 나는 알지 못했다.

매일 너에게 엽서를 보냈다. 아무개야 오늘은 저 초승달이 꼭 내 가슴에 꽂힌 푸른 낫처럼 무섭구나. 아무개야 또 소식 전한다. 아무개야, 나는 좋더라. 너를 바래다주는 그 길 위의 모든 것들이. 걸어서 불과 십여 분 남짓의 거리에 있었는데도 불구하고, 때로는 네 집까지 가서 직접 엽서를 넣기도 했다. 기억하시는지, 소인이 없었던 그 엽서를. 두툼한 사연의 편지 봉투 우표 붙이는 곳에 쓰인 '외상'이란 익살을.

아아, 이제야말로 나는 말해야 한다. 너의 질문은 끝없는 울림으로 이제 꺼지려 하고, 나는 이 자리에서 벗어나지 못한다. 하지만 내가 너에게 어떤 확신을 줄 수 있을까. 너는 나에게 어떤 확신을 바라는가? 그리고 그런 확신은 진정 우리들의 사랑을 위해 유효한 것인가? 이제 정말 나는 너의 질문에 답해야 한다. 하지만 다시, 무슨 말을 해야 하는가? 나는 가랑비에 젖은 채 반짝이는 속눈썹으로 나를 바라보는 이 여자를 사랑하는가, 너는, 나의 사랑인

가. 의심 없는 너는 어떤 방식으로 나에 대한 사랑을 확인했는가, 도대체. 아아, 이 무모한 여자여.

그 대학 교정의 소나무 숲 벤치를 나는 잊지 못한다. 너는 하늘색 점퍼에 색이 바랜 청바지를 입고 있었지. 손뼉쳐 부르면 다가올 것만 같은 밤이라고 너는 얘기했나. 하나도, 한마디도 잊지 않고 있다. 그 따뜻하고 긴 포옹의 시간을 영원처럼.

공중전화 박스에서 지새웠던 그 겨울의 밤, 사실 난 그때 여관비가 없었다. 한심하지? 흐르던 너의 눈물 사이로 별이 무수히 지고 있었던 것, 너 모르지? 내가 얼마나 허무한 남자인지 너 모르지? 나는 바람이야, 날 사랑하다니 우린 둘 다 미쳤구나.

다시 어느 절절한 대중가사처럼 나의 길을 가기보다 너와 머물고만 싶었다. 사랑은 황량한 들판에 버려진 이삭과 같은 것이니까. 어떤 맹세가 그 이삭을 주워 올릴 수 있겠어. 사랑은 절망이더라. 지옥이고 그 지옥의 타는 유황불이야. 사내는 너를 행복으로 이끌겠지만 얼마 지나지 않아, 그게 절망의 아름다운 불꽃이었다는 걸 알게 될 거야. 어디에고 그렇게 엽기적인 지옥은 없어. 그 실체를 보는 순간 너는 돌이 되는 거야, 알아? 사랑은 메두사의 머리야. 눈을 감고 귀를 막아. 아 가엾은 나의 죄의식의 사랑.

이제 그만 너의 물음에 답을 하자. 나를 바라보는 너의 젖은 속눈썹이 나는 더없이 안타깝다. 아아, 그러나 무슨 말을 해야 할 것인가? 나는 너를 사랑하지 않나? 너를 사랑하나? 네가 싫고 밉

나? 어여쁘고 사랑스러운가? 너와 자고 싶은가? 어쩌면 그것뿐인지도 모른다, 나의 사랑은. 너의 그 깊은 상처를 이루어주고 싶다. 여자여 나의 이 거세하고 싶은 위악에 세례를 베풀어다오. 너를 씹어 먹고 싶다. 너를 송두리째 삼키고 싶고 가능하다면 너의 몸을 빌려 다시 태어나고 싶다.

"사랑한다."

그 짧은 질문과 대답 사이의 오랜 방황 끝에 나는 말했고, 그렇게 대답한 이후로 나는 정말로 너를 사랑하기 시작했다. 때로는 걷잡을 수 없는 회의에 빠져 의심하면서도 나는 너를 사랑한다고 말한 이후, 나도 느끼지 못하는 사이에 정말 너를 사랑하고 있었다. 그러나 여자여, 그것은 내가 말한 "사랑한다"는 말이 사랑의 행위를 한 것일 뿐이고 그 말의 전달자인 나는 아직도 주저하고 있었다. 단지 내 말이 너를 사랑하기 시작했을 뿐, 나는 그때까지도 사랑을 확신하지 못했다. 사랑한다는 내 말이 너를 사랑했고 너를 위해 웃었다. 너의 손을 잡고 너를 위해 헌신했던 너의 사랑은 나의 말이었다. 말이 나를 대신해서 너를 사랑했고 거기에 나는 없었다. 나는 단지 말의 대리인에 불과했다. 나를 대신한 말이 나로 하여금 너를 사랑하길 그렇게도 끈질기게 나를 설득했던 것이었다.

그러나 사랑에도 관성이 있더라. 내 사랑은 네 사랑의 관성에 이끌려 나아갔다. 내 말의 사랑에 고무된 너의 사랑이 나를 이끌었고 급기야는 나를 대신했던 말이 사라지고 비로소 나는 너를 사랑하게 되었다. 뒤늦게, 이제는 나의 말을 내가 대신하여.

그리고 어이없게도, 내가 나의 말을 대신한 그때부터 너의 사랑은 나를 떠나갔다, 그 지친 발길을 끌고. 나는 너의 말을 사랑했고, 너의 말의 사랑에 나의 사랑은 불붙었다. 아무것도 없는 빈 곳을 건조하게 태우며 너에게로 나아갔지만 너는 없었고, 나의 사랑은 너의 말만 불태우고 사그라질 뿐이었다. 사랑은 외로움의 다른 이름이고, 역시 추억은 엽기적이다. 우리들의 청춘도 엽기적이었으며 사랑도 같이 엽기적이고 우리들의 삶도 같이 엽기적이었다.

04 | 과거와 현재와 미래가 사는 집

과거와 현재와 미래가 사는 집

나는 가끔 유리창에 비친 자신을 바라보는 눈길과 만난다. 그 시선은 이쪽 버스의 어디에도 들어와 있지 않다. 단지 얇은 유리창에서 무한한 깊이로 정지해 있다. 그 사람은 그 얇은 무한에 비친 자신의 얼굴을 대면하고 있는 것이다. 그 창문에는 나 이외의 풍경은 모두 사라지고 없다. 그런 순간에 인간은 정말 진지하다.

앞에서 내 이야기를 듣는 사람의 눈이 나를 관통하고 있다는 느낌을 받을 때가 있다. 그럴 땐 반드시 내 등 뒤에 거울이 있었다. 나는 자신을 바라보는 사람들의 시선에 놀란다. 우리가 항상 자신을 바라보듯이 남을 바라볼 수 있다면 세상 사람들은 모두 사랑에 빠져 물외物外를 이룰 수 있을 것이다.

예술가라는 직업

나는 건축가다. "나는 건축가다."라는 말에는 여러 가지 사회학적인 의미가 함축되어 있다. 즉 그 말에는 이런 의미가 포함된다.

1. 나는 건축 행위를 통해서 '생계'를 유지한다.
2. 나는 건축을 통해 나의 '정체성'을 확보하고 있다.
3. (2와 관련하여)나는 건축을 통해 나의 '자아를 실현'한다.
4. 나는 건축을 통해 '나와 사회(경제)'를 연결한다.

우리가 직업을 정의할 때는 위와 같은 네 가지 조건을 만족시켜야 한다. 그러니까 직업은 생계를 유지하고, 사회구성원으로서의 나의 정체성을 확보해 주며, 동시에 개인의 자아를 실현하는 장이 되고, 그것을 통해 개인과 사회가 연결되어야 하는 것이다. 나는 건축가다. 이것은 나의 직업이다. 그러나 나에게는 건축가라는 직업 외에 또 하나의 직업이 있다. 나는 시인이다. 많은 사람들이 나에게 본업이 뭐냐고 묻는다. 본업이 꼭 하나일 필요는 없으므로 나는 둘 다 내 본업이라고 말한다. 그러면 사람들은 뭔가 석연찮은 반응을 보인다. 그들이 석연찮은 반응을 보이는 것은 그 두 가지가 굉장히 달라 보여서이기도 하겠지만 사회적으로 섞이지 않는 이질적인 부분 때문에도 그렇게 여긴다.

나는 시인이다. "나는 시인이다."란 말에는 다음과 같은 의미가 포함된다.

1. 나는 시를 쓰는 '행위'를 한다.
-시는 대부분 문예지에 발표하고 그 대가를 받는다. 문예지에 시를 발표할 경우, 시는 한 편당 4만 원에서 15만 원 정도를 받는다. 물론 시 전문지는 대개 2만 원 정도를 지급하거나, 아예 원고료를 지급하지 않기도 하고, 정기구독으로 대체하자고 은근히 강권하기도 한다. 2005년 문예연감의 통계에 따르면 시인의 평균 연봉

은 50만 원이다. 즉, 시를 써서는 생계유지가 안 된다.

2. 나는 시를 통해 나의 정체성을 확보하고 있다.

-주로 문단 내에서 이루어지는 나의 정체성은 직업의 사회학적 의미에서 말하는 조직이론과 계층이론으로는 설명이 되지 않는다. 일례로 시인인 나는 세계적인 경제 위기에 거의 영향을 받지 않는다. 그것이 내가 쓰는 시의 소재는 될지언정 사회·경제적으로 큰 타격은 없다. 조직이론에서 말하는 정체성과 시인으로서의 내 정체성은 이런 점에서 확연히 구분된다.

3. 나는 시를 통해 나의 '자아를 실현'한다.

-나는 임금, 내가 쓰는 시의 대가로 받는 원고료와는 무관하다. 생계유지가 안 되니까. 따라서 많은 직업군에서 보이는 노동에 의한 소외는 겪지 않는다. 나는 나의 노동, 즉 시를 쓰는 행위와 완전히 밀착해 있다. 따라서 자아실현은 내가 시를 쓰는 가장 큰 이유가 된다.

4. 나는 시를 통해 나와 사회(경제)를 연결한다.

-내가 받는 원고료로 나는 아무런 소비도 할 수 없다. 나의 시 쓰기는 시장에서 유통되지 않는다. 그런

의미에서 나와 사회를 연결하는 것은 사회 경제적 의미와 무관하다.

따라서 "나는 시인이다."라는 말과 "나는 건축가다."라는 말은 서로 합치되는 부분이 없다. 그러므로 우리가 직업의 정의를 내릴 때 예술가라는 직업은 사실상 사회학적으로 직업으로 분류되지 못한다. 그럼에도 예술가가 직업이라면 예술가는 직업의 사회학적인 의미에서 벗어난 유일한 직업일 것이다. 따라서 나는 예술가라는 직업을 이렇게 정의한다.

'자아실현의 행위를 통해 사회와 연결되는 자'

물론 여기서 '사회'라 함은 경제적인 면을 배제한 사회이다.

그렇다면 전문 예술가란 무엇인가? 전문 예술가는 창작 행위를 통해 정량적인 결과를 산출한 자를 말한다. 문인은 한 권의 책, 음악인은 연주회나 음반과 같은 것을 산출한 작곡자나 편곡자, 음향 전문가, 가수, 프로듀서 등과 같은 관련 예술가들을 전문인으로 분류할 수 있을 것이다. 미술은 단연 전시회로서 전문인의 자격을 얻을 수 있다. 이렇듯이 전문 예술가라 함은 일정한 성과물을 바탕으로 판단되어야 한다. 단순히 단체에 가입한 경우라든가 별도의 자격심사로 전문 예술가를 분류하기에는 많은 난점이 있다.

특히 단체에 가입한 경우로 전문 예술가를 나눌 때, 단체끼리의 반목도 무시할 수 없으며, 더군다나 불안한 우리의 정치실정으로 볼 때 이제까지 많은 단체들이 정치적인 이유에서 비호받았거나, 반목해왔던 게 사실인 만큼 예술가들 사이에서 단체 가입을 꺼리는 풍토가 있는 것도 감안해야 하기에 이는 우리 실정에 맞지 않는 가장 현실성 없는 방법이다. 그리고 별도의 자격심사는 어찌 보면, 특히 공정성 여부가 확보된다면 가장 바람직한 것일 수도 있다. 실제로 지금도 문단의 등단 제도는 일정 부분, 이 방식을 취하고 있다고 봐야 한다. 그러나 미술이나 음악에서까지 이 방법을 적용하기에는 많은 무리가 따른다.

그런 이유로 전문 예술가를 분류하는 방법을 하나로 통합하는 것에는 역시 무리가 있다. 문학은 등단 제도로, 그리고 음악은 연주회를 중심으로, 미술은 전시를 통해 각자의 특성을 살리면서 전문 예술가를 분류하는 방법이 바람직하다고 본다. 그렇게 되면 자연히 그 데이터를 종합하여 예술인 리스트를 작성하는 것은 어렵지 않다. 개인적으로 예술인들이 자발적으로 등록을 유도하는 것에는 앞에서 말한 이유로 적용이 불가능하다.

엘리엇 프라이드슨은 그의 저서 『프로페셔널리즘 리본(Professionalism Reborn)』에서 다음과 같은 문제 제기를 한다.

> 그렇다면 '어떻게 직업을 개념화할 것인가'란 점이 제기된다. 나는, 직업이 사회집단으로 조직화되는 환경, 왜 조직되는가, 어떻게 조직되는가, 그리고 조직의 결

과 어떻게 분업화되는가를 분석하는 것에 초점을 맞출 것을 제안한다. (중략) 여기에서 우리의 핵심적인 주제를 말한다면 어떻게 직업이 그 자체로서 자율적으로 존립할 수 있는가, 개인과 경제를 직업이 어떻게 연계하는가, 표면상의 계급에 소속된 다른 일원들로부터 어떻게 한 직업을 분리할 것인가, 그것은 어떻게 가능한가?라고 할 수 있다.

예술가를 직업으로 분류하려고 할 때 이러한 제안은 매우 유용하다. 그러나 '개인과 경제를 직업이 어떻게 연계하는가?'라는 말은 예술에서 불가능하다. 이 말은 '직업인으로서 히말라야에서 홀로 명상하는 수행자는 경제와 어떻게 연계되는가?' 라는 물음과 같다. 답은? 물론 상관없다. 예술가 역시 그렇다.

예술가를 직업군으로 분류하려는 시도는 그들이 사회에 기여하는 바가 있다는 전제 아래 일정한 복지를 마련하기 위해서다. 나는 바라지는 않지만, 그렇게 되면 많은 가난한 예술가들이 혜택을 받을 수 있다. 그러나 거의 아무런 경제활동도 하지 않는 예술가들을 위해 어떻게, 무엇을 근거로 하여 복지표준을 마련하겠는가? 예술적 성취를 정량적으로 잴 수는 없다. 앞에서도 얘기했지만 '누가 예술가냐?' 하는 문제도 여전히 남는다.

문제는 이런 분류 작업들이 왜 필요한가? 하는 것이다. 국가가 노동력을 관리하는 차원에서의 분류라면 나로서는 이런 작업에 부정적일 수밖에 없다. 근대국가는 국민의 노동력을 관리하기 위해 많은 장치들을 이용한다. 의료보험, 연금제도, 교통안전을 위한 캠페인이나 법규, 이런 것들을 위해 아낌없이 돈을 쏟아 붇는다. 왜? 그들이 아프지 않고, 죽지 않고, 건강하게 계속 국가를 위해 일하게 하기 위해서다. 예술가는 근대국가가 유일하게 관리하지 못하는 직업이다. 아무리 한 나라의 예술이 그 나라의 문화척도가 되어 다른 경제적 파장을 낳는다 하더라도 예술은 기본적으로 고독한 개인의 것일 수밖에 없다. 예술은 그 모든 것의 바깥에 있을 때 사회적 역할을 진정으로 수행한다. 왜냐하면 예술의 역할은 항상 다른 인식의 지평을 대중에게 제공함으로 해서 인간의 사고를 자유롭게 하는 데 있기 때문이다.

장식 마니아, 간판 마니아

아돌프 로스는 "문화의 진보는 실용적인 물체로부터 장식을 제거하는 것이다."라고 말했다. 그는 『장식과 범죄(Ornament und Verbrechen)』에서 범죄인의 80퍼센트가 문신을 하고 있다고 주장하면서 문신을 한 자는 잠재적인 범죄인이든지 아니면 퇴행적인 귀족주의자라고 말한다.

'장식=죄악'이라는 기능주의의 오래된 경구는 이와 같이 범죄 사회학적인 통계를 근거로 '죄악'으로까지 이야기되어왔던 것이다. 기능주의자들의 입장에서 보면 문신은 인간의 본질적인 삶과 그 국면에 있어 '필요 없는 것'이다. 따라서 그런 필요 없는 것을 새겨 넣기 위해 시간과 정성을 들이고 돈을 쓰는 것은 전혀 본질적이지 않은 '낭비'라는 이야기이다. 장식이 죄악인 이유는 문신의 경우처럼 그런 낭비를 유도하고 있기 때문이다.

그렇다면 낭비는 왜 나쁜가? 왜냐하면 낭비는 발전의 동력이 되지 못하기 때문이다. 아돌프 로스에 의하면 문화의 발전 속도는 '장식에 탐닉하는 낙오자들 때문에' 느려진다. 목적에 부합하는, 합목적적 행위야말로 기능주의자들이 생각하는 진보의 페달을 돌리는 효율적 가치인 것이다.

그러나 건축과 달리 미술에 있어서의 장식의 문제는 유기적인 문제의 대립 항에 놓이면서 양상이 약간 달라진다. 건축이 합목적성을 추구하면서 장식의 부재를 선언했다면, 미술은 합목적성의 자리에 유기적인 관계의 시스템을 놓으면서 장식의 불필요를 역설한다. 여기에서 유기적인 것은 곧 자연스러운 것 혹은 자연적인 것이다. 미술사에서의 기능주의는 이 자연스러운 것에 부자연스러운 혹이 하나 붙어 있다.

원래 장식의 발생 기원 중의 하나는 공허한 공간을 견디기 어렵다고 느끼는 감정으로, 미개민족이나 문명의 퇴폐기에 강하게 나타난다고 한다. 장식이란 기본적으로 빈 공간을 채우고 눈에는 휴지점을 주기 위한 심리적 필연으로 생겨난 것이다. 자연은 장식의 풍부한 예

> 를 보여준다. 색깔을 고려해가면서 주변에서 찾을 수 있는 거의 모든 것으로 둥지와 마당을 장식하는 새들처럼, 인간도 자연의 아름다움에 무엇인가를 추가하고자 하는 희귀 생물처럼 행동하곤 한다. 인간의 장식충동에는 자연에 대한 도전의식이 있다. 인간은 있는 그대로의 평범한 벽면이나 몸에 자신의 꿈과 이념을 그리면서 화려하게 꾸미고자 하는 것이다.
>
> —이선영, 「조각난 몸 위에 떠도는 기표들」 중에서

결국 건축에 있어서의 합목적성과 미술에 있어서의 유기성은 역사의 진보에 대한 모더니스트들의 믿음과 같아진다. 단지 그 방법에 있어서 건축의 합목적적인 가치는 행위의 합목적성(동선, 최적화, 디자인의 합리성)과 경제적 합목적성으로 귀결되지만, 장식의 반자연성을 찬양했던 보들레르나 극적인 기묘함을 추구했던 데카당 계열의 작가들이 보여주듯이, 미술에서의 유기성은 기능주의의 반대쪽에서 다른 의미의 모더니즘을 잉태한다. 건축에서는 유기적인 관계보다 합목적적인 가치가 우선시 되면서, 장식은 건축의 모더니즘 안에서 조용히 그 죄악의 대가를 치르며 사라졌다.

> 내 천재를 뽐내는 화가인 나는,
> 금속의, 대리석의, 그리고 물의

도취하게 하는 단조로움을
내 그림 속에서 맛보고 있었다.
계단들과 아케이드들의 바벨탑,
그것은 광 없거나 광나는 황금 속으로
떨어지는 분수와 폭포들로 가득 찬,
하나의 끝없는 궁전이었으니
—보들레르, 「파리의 꿈」 중에서

우리는 이 시에서 건축의 합목적성의 주체와 미술이 그리는 유기성의 대상을 두루 관찰할 수 있다. 거기에는 합목적성의 주체인 인공적인 것들과 또 다른 자연으로서의 유기적 관계들이 얽히면서 낙원을 이루고 있다.

'도취하게 하는 단조로움'은 실재하는 금속과 대리석, 물에서가 아니라 '내 그림' 속에서 맛본다. 보들레르는 장식을 자연스럽지 않은 실재에서 자연스러운 실재로 보이는 인공낙원, 혹은 또 다른 실재를 만들었던 것이다. 그리고 건축은 20세기 모더니즘 예술이 꿈꾸었던 현실과 꿈의 최전선에서 인공낙원을 구축해갔다.

위대한 20세기의 기획은 실패했다. 아돌프 로스가 장식의 부정성을 감옥에서 읽었다면, 근대 기획의 실패는 지금 거리에서 수없이 활보하는 피어싱, 문신, 펑크 패션에서 찾을 수 있다. 모더니즘 미학이 장식을 죄악시 할 수밖에 없었던 이유는 이러한 불필요한 것들, 맥락이 없고, 통제가 되지 않고, 돌발적인 것들에 대한 의도적인 배제에서 기인한다. 그리고 또한 이런 통제될 수 없는 것들은 근대 이전의, 주술에 걸려 있던 세계를 상징한다.

피어싱과 문신은 다분히 주술적인 제스처이며 근대의 기획에 대한 반발이다. 그들은 근대가 추구하는 합목적적인 가치체계에서 벗어나 그들 나름대로의 가치체계를 가지고 있다. 물론 그들이 갖고 있는 체계는 의도된 기획에 따르는 것이 아니라 순전히 우연성에 기대고 있으며 그만큼 허약하다.

일종의 유목민적 가치를 갖고 있는 그들에게 근대적 가치가 지닌 합목적성은 어딘지 모르게 구리다. 왜냐하면 막스 베버가 지적했듯이 근대를 구성하는 목적 합리성을 가진 각 영역들은 시간이 지나면서 자율성을 지닌 채 분화되어 자신의 고유한 논리에 따라 자체적으로 진화를 구가해나감으로써 문화적 가치 영역들의 분화를 가져오기 때문이다. 따라서 사회적 합리성이 최고의 형식으로 구현되면 될수록 의미 상실과 자유 상실이 동시에 발생하고, 의미 상실은 문화적 합리화로, 그리고 자유 상실은 생활 세계의 화폐화와 관료화로 진행되면서 개인들의 자유박탈을 가져온다.

피어싱이나 문신과 같은 일탈적인 행위는 이러한 합리화에 대한 반대급부이면서 합리화의 결과에 대한 반발이다. 모더니즘이 장식을 배제하며 탈주술화를 꾀했듯이 똑같은 이유로 모더니즘은 맥락이 없고, 돌발적인 우연한 장식들에 의해 배제당한다.

상처이자 장식

르코르뷔지에의 '빛나는 도시' 계획안에서도 알 수 있듯이 근대의 도시는 미술사의 개념으로서의 자연성을 지향했다. 근대의 가치는 좁은 땅에 더 많은 면적을 올리는 경제적 이윤의 창출에 있었던 것이 아니라, 더 많은 자연, 즉 녹지를 확보하기 위해 고층화되었던 것이다. 결국 근대건축은 자체의 모순 때문에 실패한 것이 아니라 아직 근대화되지 않은, 혹은 근대의 가치가 적용될 수 없는 것 때문에 망했던 것이다. 그리고 거기에 근대의 가치가 일소할 수 없었던 주술적 세계가 자리하고 있다.

즉, 모더니즘은 모더니즘을 구성하는 여러 대립 항들, 즉 기능 · 장식, 유용성 · 무용성, 인공 · 자연, 기계 · 신체 등의 두 번째 항목들에 의해서 해체된다. 그리고 근대도시는 그 앞의 항목들에 의해서 건설된다.

대부분 상업적 이유로 도시의 건물에 부착되는 광고간판은 도시가 근대의 가치로 계획되면서 더욱 탈근대화 되어간다. 말하자면 모더니즘을 구성하는 대립 항들이 반드시 완전히 독립적으로 구성되는 것은 아니라는 말이다.

광고 간판은 근대 이전의 도시에서는 별로 비교적 주목받지 못하던 가치였다. 왜냐하면 전근대적인 도시의 형성은 계획도시라고 하더라도 계획 이후에는 자연 발생적으로 확장되어 도시의 주요한 흐름들이 불규칙하게 이루어졌기 때문이다. 광고간판이 제대로 된 가치를 갖기 시작한 것은 완전히 계획된 근대적 도시가 탄생하면서부터 도시의 주요 흐름들이 예측 가능한 것이 되었을 때이다.

사람들은 도시의 주요 흐름에 맞춰 자신들의 기호를 가로에 전시하기 시작했고, 그런 예측들은 철저하게 계획된 도시일수록 더 잘 적중해 들어갔다. 그러나 얼마 못 가 이 근대도시의 산물은 근대의 항목에서 점점 반근대의 항목으로 옮겨가기 시작한다. 근대적 개인의 성립과 더불어 익명성이 보장되는 도회적 삶의 공간에서의 '나'는 '나'의 문제에서 공공의 문제로, 다시 모더니즘의 대립 항으로 분화되는 것과 마찬가지가 되는 것이다.

시민사회의 성립을 자율적으로 겪은 서구에서는 이 '나'의 문제가 공공의 문제로 전환되면서 한 항목으로 묶였지만 타율에 의한 근대를 겪은 곳에서는 '나'는 여전히 '공공의 이익'과 대립 항으로 작용했다. 그러면서 계획되고, 통제되며, 예측 가능한 계획도시에서 간판은 죄악시 되기 시작했다.

'나'의 익명성과 더불어 간판은 절대 공공의 욕망이 되지 못했다. 그것은 '내 공간' 안에서의 욕망으로, 순수하고 정결한 도시를 욕보였다. 근대적 개인의 성립을 보지 못 한, 더군다나 왕이 간판을 하사하는 전통(사액서원)이 있던 한국의 경우에는 더더욱.

서구의 다른 나라보다, 그리고 아시아의 어떤 문화권보다 서예와 판각 행위가 예술로 인정되던 전통을 갖고 있는 한자 문화권에서 특히 거리의 간판의 문제가 심각한 것은 아시아의 근대가 갖고 있는 타율성과 자율적인 전통의 문제가 어떻게 혼재하고 있는지를 보여준다. 한국에서 도심의 간판 문제는 화가 김준의 말마따나 '상처와 장식'의 일치와 같다. 그것은 강요된 근대라는 점에서 근대의 상처이면서 근대의 죄악이다. 다시 대립 항들이 섞이면서 갈라진다.

그래서 한국의 전통은 도시에 두루 편재해 있거나 전반적으로 진화하지 못하고 섬처럼, '버려진 아름다움'처럼 고여 있다. 그런 의미에서 인사동은 현대성에 둘러싸인 전통의 섬이 아니다. 그것은 근대를 구성하는 대립 항들 중의 한 항목이다. 현대 도시는 필요 없는 것은 남겨 두지 않는다. 만약 인사동의 전통이 상업적으로 불능이었다면 인사동은 존재하지도 않았을 것이다. 인사동의 합목적적인 가치는 전통을 팔아먹을 수 있기 때문에 부여받는 것이다. 어떻게 효율적으로 팔아먹느냐에 따라 인사동은 끊임없이 과거로 수렴되든지 아니면 현대적으로 복원될 것이다.

근대의 기획으로서의 정결하고 순수한 도시와 그것을 숙주로 난생하는 광고간판의 문제는 서구와 달리 한국에서는 일치시켜야 할 상처와 장식의 문제이다. 크기와 모양, 색의 규제로는 해결되지 않는 한국만의 특수성이 거기에는 있는 것이다. 인사동도 서울의 다른 거리와 마찬가지로 간판들로 꽉 차 있다. 그러나 자세히 보면 거기에는 다른 곳의 광고 간판과는 다른 어떤 차이를 보인다.

마찬가지로 통의동이나 피맛골에 난립해 있는 간판들도 뭔가 묘한 자율적 통일성이 엿보인다.

통의동이나 피맛골의 간판들이 골목이 가진 협소함에 대응해 작고 꽉 찬 형태로 좁은 골목의 흐름에 따르고 있다면, 인사동의 간판들은 종로의 간판처럼 사람의 시선을 막지도 않고, 피맛골의 간판처럼 흐름을 조장하고 있지는 않지만, 다른 어느 길에서도 볼 수 없는 레토릭을 가지고 있다.

'꽃을 던지고 싶다'에서부터 '달새는 달만 생각한다' 그리고 '오! 자네 왔는가?'란 친근함까지 상업적인 광고 간판이 담을 수 있는 온갖 수사학이 다 들어 있다. 인사동 간판의 이러한 레토릭은 철저하게 계획된 도시에 대한 비판으로서 작용한다. 우리가 인사동을 즐겨 찾는 이유 중에는 간판을 읽는 재미도 끼어 있을 것이다. 그것은 '우리의 계획은 과연 계획될 수 있는가?'란 본질적인 물음과 같다.

도시는 과연 계획될 수 있는가? 계획도시는 인간의 이성에서 출발하기보다는 인간의 본성에서 출발해야 한다. 그것이 곧 자연의 본성을 찾는 길이고, 도시를 자연스럽게 이루어나가는 길이다. 도시는 계획될 수 없다. 피맛골이나, 인사동의 광고 간판이 주는 재미는 통제와 규율이 가져다주는 것이 아니다. 근대 기획의 합목적적인 가치의 구멍은 여기서 나버린다. 장 프랑수아 리오타르는 이렇게 말했다.

현대 이후적인 것은 현대 이후에도, 또 현대에 거슬러 대항하는 곳에도 자리하지 않는다. 그것은 이미 '현대' 속에 포함되어 있는 것이며, 단지 휘어져 있을 뿐이다.

어쩌면 우리는 서구가 걸어온 먼 길을 한꺼번에 뛰어 넘은 건지도 모른다.

삶이라는 예술

파격적인 작업으로 20세기 회화의 이단아이자 선구자가 된 마르셀 뒤샹은 삶과 예술의 문제를 평생 고민한 작가이다. 그의 레디메이드, 설치 작업, 체스, 회화 등은 지속적으로 삶은 어떻게 예술이 되는가를 고민한 흔적이다. 체스에 푹 빠져 있던 그는 말년에 나체의 여인과 함께 전시장에서 체스를 두는 것으로 자신의 생각을 대중에게 전했다.

그렇듯이 예술은 반성 없는 현실에 이의를 제기한다. 전쟁에 대해서, 억압에 대해서, 지구 환경에 대해서, 후기 자본주의에 대해서 말을 건넨다. 그러나 가공할 자본주의의 게걸스러움은 이러한 이의 제기마저 자본주의의 욕망의 구도 속에 편입시킨다. 뉴욕의 그리니치 빌리지가 그 예이다. 원래 공장 지대였던 이곳의 싼 임대료를 보고, 밥 딜런, 존 레논, 지미 헨드릭스, 잭슨 폴록, 마르셀 뒤샹 등 당대의 예술가들이 몰려들었다. 그 결과 그리니치 빌리지는 1950년부터 1970년에 이르는 보헤미안 문화의 황금기를 만들어냈다. 그러나 구성원들의 연이은 출세로 인하여 땅값이 막대한 수준으로 오르고, 필요 이상으로 강화된 공동체적 자부심은 배타성으로 드러났다. 결국 막대한 부동산 임대료를 낼 수 없게 된 예술가들이 쫓겨나는 상황이 벌어졌고, 신진 예술가들은 그리니치 빌리지 진입이 어려워지자 인근의 윌리엄즈버그나 덤보 지역으로 이동하게 되었다. 한때는 파격적인 아방가르드의 둥지가 이제는 자본주의의 사랑스러운 자식으로 뒤바뀌게 된 것이다.

가장 최근에는 예술가 공동체인 크리스티아니아가 덴마크 정부로부터 위협받고 있다. 1970년 미군이 철수하자 비어 있는 병영을 예술가들이 무단점거하면서 크리스티아니아의 역사가 시작된다. 이들은 여기에서 무정부적인 자신들의 예술을 펼쳤고, 인간의 자유를 억압하는 모든 것들로부터 진정한 자유를 얻어내기 위해 분투했다. 그 결과 이들은 예술을 넘어 자율과 양심으로만 살 수 있는 진정한 대안사회를 이루었다.

여기서는 아이들이 신경증에 걸린 학자보다는 즐거운 대장장이가 되기를 원한다. 자연은 인간에게 필수지만 인간은 자연에게 필수가 아니라는 겸손을 가르친다. 집은 모든 폐자재를 동원해 짓고, 그것은 곧 예술품이 된다. 부대 막사를 개조한 작업장, 벽에 그려진 그림, 친환경적이고 반문명적인 생활 태도, 울창한 호수와 마리화나까지, 여기서는 마치 모든 것들이 허용된 듯이 보인다. 그러나 여기서도 금기는 있다. 무기, 폭력, 자동차, 중독성이 높은 마약. 이 네 가지는 허용되지 않는다. 그래서 여기서는 자전거가 유일한 교통수단이다.

이 대안적인 사회를 보기 위해 한 해 약 100만 명 가량의 관광객이 방문한다. 인간은 누구나 자유롭게 살 권리가 있다는 평범한 진리를 이 우연히 만들어진 공동체가 보여주고 있는 것이다. 그러나 덴마크 정부는 이 기적을 폐쇄하기로 결정했다. 코펜하겐에 최후로 남은 이 노른자위 땅을 팔아 막대한 부동산 차익을 가지려 한 것이다. 그러나 무엇보다도 정부에게 있어 가장 큰 이유는 크리스티아니아 공동체가 정부의 어떤 관리나 통제도 받지 않는다는 데에 있다.

근대국가에 있어 국민에 대한 국가의 통제는 복지, 건강, 노동 등 광범위하게 미친다. 개인을 국가가 관리하는 것이다. 이 관리를 바탕으로 근대국가는 공동의 선을 추구한다고 주장한다. 그런데 한마디로 크리스티아니아는 관리가 안 되는 것이다. 덴마크 정부가 크리스티아니아 공동체를 해체하려고 하는 이유가 바로 이것이다. 이곳엔 법도, 경찰도, 세금도 없다. 그러니 당연히 눈엣가

시 갈을 수밖에 없다. 정부는 여러 번 이 지역을 폐쇄하려고 해왔다. 그러나 이 공동체가 정부에 대항하는 방법 역시 남달랐다.

크리스티아니아 사람들은 공권력에 대항에 문화행사를 개최했다. 이 문화행사를 보기 위해 사람들이 모여들었고, 이 사람들은 크리스티아니아 사람들과 같이 어울렸다. 결과적으로 공권력은 늘 실패했다. 그러나 얼마 전 코펜하겐 당국은 이 자본주의의 기적을 없애기로 다시 결정했다. 그들은 또다시 문화적 저항을 할 것이다. 살아 있으라, 인간의 자유여!

그에 비하면 나오시마의 경우는 행복하다. 일본 가가와현 해안에 자리 잡은, 둘레 16킬로미터인 작은 섬 나오시마는 1990년대까지만 해도 구리 제련소가 있던 황폐한 곳이었다. 그러나 일본 최대 출판교육그룹 베네세의 후쿠다케 소이치로 회장이 이 섬의 절반을 사들이면서 섬은 그 모습을 바꾸기 시작했다.

새로운 기업 이미지가 필요하다고 느낀 후쿠다케 회장은 이 섬을 거대한 미술관으로 만들 것을 구상했다. 당연히 쓸데없는 곳에 돈을 쓴다는 비난이 뒤따랐지만 그는 건축가 안도 다다오에게 이 사업을 의뢰했다. 그리고 섬은 달라지기 시작했다. 1992년에 미술관과 호텔이 만난 이색적인 건축물 베네세 하우스가 지어졌고, 2004년에는 건물을 땅 속에 묻은 지중미술관을 완성했다. 이 지중미술관은 단 세 명의 작가의 작품을 위해 지어졌다. 월터 드 마리아, 클로드 모네, 제임스 터렐이 그들이다.

이 셋에게는 공통점이 있다. 비록 서양 작가들이지만, 동양적으로는 이들의 작업은 '화엄의 세계'라고 압축해서 이야기해도 된다는 것이다. 자연을 정원에 그대로 모사하는 일본 정원의 정취와 이 세 작가의 작업은 절묘하게 맞아 떨어진다. 안도는 이 세 개의 세계를 담는 자신의 건축물을 땅속으로 밀어 넣었다. 이로써 이 세 화엄의 세계는 봉인되어 나오시마의 섬 아래 감추어진다. 또 해안 곳곳에는 세계적인 작가들의 작품을 설치했다. 야요이 쿠사마, 스기모토 히로시 등 일본 작가들의 작품이 바다를 배경으로 줄지어 있다. 사람들이 살다 떠난 빈 집도 이들은 놓치지 않았다. 간판, 계단, 벽화 등으로 다시 태어난 아트하우스는 나오시마 섬에 삶의 예술적 경험을 선사한다.

그러나 이것이 다가 아니다. 후쿠다케 회장은 여기서 멈추지 않고 데시마와 이누지마 등 인근 섬에도 미술관을 지으며 제2, 제3의 나오시마를 만들었다. 그러나 나오시마는 크리스티아니아처럼 자연발생적으로 만들어진 것도, 기존의 관념에 저항하지도 않는다. 나오시마는 기업의 이미지를 철저히 재고하기 위해서 태어난 자본주의적 발상에서 비롯되었다. 후쿠다케 회장은 계속해서 주장한다. 그 내용을 한 마디로 축약하면 '우리는 밑지지 않았다.'이다. 나오시마에서 예술을 즐기는 비용이 어마어마하다는 얘기다.

나오시마는 예술경영의 대표적인 사례다. 거기에 당연히 생태에 대한 문제는 빠져 있다. 21세기의 예술은 이제 생태의 전 위에 서 있다. 크리스티아니아는 예술과 생태가 어떻게 결합되는지 보여주는 좋은 사례다. 그리고 21세기 생태의 노아의 방주 '에덴 프로젝트'가 있다. 에덴 프로젝트는 영국의 '런던 아이', '밀레니엄 돔'과 더불어 대표적인 밀레니엄 프로젝트 중 하나로 "인간과 식물이 어우러진 신세계로 이르는 길.", "지구가 연출해 내는 웅장한 드라마로 살아 있는 것들의 총체."라는 화려한 수식을 받으며 진행되었다. 한 마디로 에덴 프로젝트는 거대한 식물원이다. 아니 지구 전체에 서식하는 식물을 위한 방주다. 방주란 당연히 홍수의 위협이든 뭐든 있어야 건설하게 마련이다. 에덴 프로젝트는 변화하는 지구 생태계로부터 멸종해가는 식물들을 구조하기 위해서 시작되었다. 다분히 신화적이고, 그 스케일이 어마어마하다. 알다시피 전 세계의 식물을 한 자리에 모으는 데에는 한 가지 제약이 따른다. 바로 기후이다. 식물이 생장하는 데 필수적인 기후 조건을 맞추는 것이 가장 큰 문제인 것이다.

에덴 프로젝트는 그것을 거대한 돔으로 해결했다. 런던에서부터 차로 약 다섯 시간 가량 떨어진 남서부의 콘월 지역에 건설된 에덴 프로젝트는 영국을 대표하는 세계적인 건축가 니콜라스 그림쇼가 디자인했고, 전체부지 면적이 15헥타르에 이르는 세계 최대 규모의 온실이다. 그림쇼는 벌집 모양의 크고 작은 돔 여덟 개가 연결된 유기적 형태로 전체적인 모양을 구성했다. 이 돔 구조를 덮는 재료로 ETFE라는 첨단 투명 플라스틱 재료가 사용되었다. 유리

무게의 100분의 1도 안 되고 유리보다 빛이 더 많이 통과된다. 거대한 온실에 썩 어울리는 재질이다. 구의 표면에 묻을 오염 물질에 대한 고려도 안 할 수가 없다. 그런 점에서도 ETFE는 훌륭하다. 화학적으로는 정전기가 없어 먼지와 새들의 분비물이 빗물에 쉽게 씻기고, 온도 차이에 의한 신축률도 적다.

그 결과 다습 열대 돔의 경우에는 실내온도가 항상 섭씨 19~35도로 유지된다. 이 정도면 훌륭한 해결책이라 할 수 있다. 그리고 이 돔은 크게는 아열대 온실과 온대 온실, 두 부분으로 구성되고, 각각 다른 크기의 네 개의 온실들로 연결되어 있다. 아열대 온실의 경우 길이 240미터, 폭 110미터, 높이 50미터의 규모로 대나무, 바나나, 고무나무, 커피 등 전 세계의 아열대 식물을 망라해 수집하고 있다. 온대 온실의 경우 길이 150미터, 폭 56미터, 높이 35미터 규모로 올리브, 포도 등 지중해 지역과 그와 유사한 기후 조건에서 자라는 식물들로 채워져 있다. 다른 돔들에도 그에 걸맞은 기후에서 자라는 식물들로 가득하다. 가히 동물들 뿐만 아니라 식물들의 종도 보관한 노아의 방주라는 생각이 든다.

그러나 다분히 발상이 영국적이다. 영국이 어떤 나라인가? 제국주의의 식민지 경영을 통해 피 식민지의 모든 자원과 문화를 강탈해 대영제국 박물관에 전시해 둔 나라가 아닌가? 에덴 프로젝트를 보면서 나는 쓴웃음을 지을 수밖에 없다. 이번엔 식물을 위한 대영제국 가든을 만들려고 하는 것이다. 그렇다고 하더라도 나는 에덴 프로젝트가 성공하길 바란다. 왜냐하면 만약 성공만 한다면 그것은 거대한 지구생태의 교육장이 될 수 있기 때문이다. 크리스티아니아의 모토대로 자연은 인간에게 있어 필수지만 인간은 자연에게 필수가 아니라는 이 당연한 진리를 거기서 깨달을 수도 있기 때문이다.

이제 생태의 문제는 기술과학의 문제이고, 동시에 예술의 문제이다. 기술과학이 인간과 자연의 기술적 문제를 해결한다면, 예술은 자연 속에서 사는 인간의 태도를 해결할 수 있다. 자연을 대하는 인간의 태도에 변화가 없다면, 기술과학이 아무리 발전해도 우리는 우리 존재의 근원과 연결될 수 없기 때문이다.

건축가의 꿈

포드 경영 시스템에 고무되어 주창된 대량 생산과 대량 복제의 시대는 20년 안에 진정한 결말을 고할 것이다. 그에 따라서 모더니즘 건축 역시 한 시대의 불화와 결별하고, 근대 건축의 종언이 이루어진 지 실로 반세기 만에 실질적인 죽음을 맞았다.

국가라는 개념이 붕괴하고, 전 지구적인 환경은 엄청난 격변을 겪었다. 해양의 조류가 바뀌었고, 알래스카는 초원이 되었으며, 중앙아시아는 사막이 되어 버렸다. 일본은 높아지는 해수면에 대비해 전 국토를 버리고 새로운 인공 섬을 자신의 영토로 인정해 줄 것을 UN에 상정했다. 20세기에 건설된 간사이공항은 일본의 신 국토 건설에 중요한 힌트가 되었으며 구로가와 기쇼의 메타볼리즘은 진정한 기계 생태의 제국을 위한 이데올로기가 되었다. 처음에는 간사이공항처럼 바다를 메워 인공 섬을 만드는 방식으로 진행되던 일본의 신 국토 건설은 한국의 건축가 조택연의 아이디어를 받아들이면서 결정적인 활로를 열어 나갔다.

조택연의 아이디어는 간단했다. 인간의 DNA가 인간에 대한 모든 정보를 간직하고 있는 것처럼 미래의 모든 프로그램과 정보를 내장한 기계 DNA를 단지 씨앗처럼 바다에 파종하는 것이었다. 그러면 기계 DNA는 바다에서 자신을 증식하는 데 필요한 모든 성분들을 끌어 들여서 건축에 필요한 부품으로 스스로를 진화시키는 것이다.

자그마한 씨앗이었던 기계 DNA는 불과 몇 년 만에 바다에 있는 자원을 활용해 집과 도로와 인간에게 필요한 모든 것이 존재하는 도시의 부품으로 성장한다. 그렇게 해서 도시가 완성되면 인간은 단지 거기에 입주해서 살면 되었다. 이 아이디어를 현실화시킨 것은 무엇보다도 일본의 뛰어난 로봇공학 덕분이었다. 이미 반세기 전에 생물학적 에너지를 기계 에너지로 대체시키는 데 성공한 자체 에너지 개발형 로봇이 이 프로젝트의 뿌리가 되었다.

즉, 달팽이를 섭취해 그것을 발효시킨 알코올 에너지로 작동하는 로봇이 개발되어 있었던 것이다. 그러나 이 로봇은 곧 폐기되었다. 왜냐하면 오사카에 실험적으로 뿌려진 300개의 소형 로봇들이 실험이 끝난 후에도 전량 회수되지 못하고 산을 떠돌며 자체 생존을 계속해나갔기 때문이었다. 이 로봇들은 달팽이뿐만이 아니라 발효시킬 수 있는 모든 것들을 섭취하며 당연하게도 아무 목적 없이 산을 헤매며 다녔고, 급기야는 인간의 시체도 섭취했다. 사람들은 경악을 금치 못하며 이 프로젝트에 참여한 과학자들을 맹비난했다. 드디어 로봇이 갓난아기를 섭취한 사건이 일어나자 죄책감에 시달리다 못한 프로젝트의 책임자 스즈키 노부나가 박사는 태양열 집열판 위에서 자살했다. 그러나 해수면이 상승하면서 스즈키 노부나가의 로봇공학은 일본을 새로운 땅으로 이끄는 모세의 지팡이 역할을 했다. 조택연의 스스로 생성하는 집은 스즈키 노부나가의 로봇 공학과 접목되어 새로운 가나안을 만들어냈다.

세계는 일본의 혁신적인 아이디어에 크게 고무되어, 20세기 초에 르코르뷔지에의 건축이론이 세계를 풍미했듯이 열광적으로 이 새로운 기계 생태 하우징를 받아 들였다. 이제 세계는 새로운 기계 메타볼리즘으로 뒤덮여갔다. 예전에 상자 같은 건물은 사라지고, 집이 세워질 땅의 기후와 환경을 정확하게 계산해낸 결과, 같은 형태의 건물은 있을 수 없게 되었다. 건물은 지어지는 게 아니라 생성되었다. 심지어 고층건물들은 나무처럼 흔들렸다. 20세기의 하이라이즈 빌딩들이 막고 있었던 바람 길은 새로운 기계 메타볼리즘에 입각한 흔들리는 건물들에 의해 유동적으로 자신의 길을 찾아갔다.

물론 사람이 살고 있는 주거공간은 흔들리지 않았다. 왜냐하면 건물들은 두 개의 피부를 갖고 있어 그 두 개의 피부 사이는 완전한 진공상태를 이루었기 때문에 외부의 흔들림과 무관하게 내부는 안정 상태를 유지할 수 있었다. 당연히 건물의 모든 접합들은 강 접합이 아닌 약한 접합으로 연결되었다. 모든 것이 느슨하게, 느슨하게 연결되었고, 이것은 그대로 이 시대의 라이프스타일을 이루었다.

느슨하게, 느슨하게.

이 모토는 이 시대의 일상을 지배하는 새로운 가치가 되었다. 확고한 신념들은 의심받았고, 인간과 인간의 관계도 좀 더 개인적으로, 그러나 보다 전체적인 관점에서 자유롭게 맺어졌다. 남녀 간의 사랑도 그랬다. 사랑의 맹세는 순간에 이루어지고 사라졌다. 아무도 무엇을 믿고, 그것을 위해 자신을 희생하는 어리석은 일은 일어나지 않았다.

기계 메타볼리즘 건축의 하드웨어를 이룬 것이 스즈키 노부나가 박사의 로봇공학이라면, 그 소프트웨어를 이루는 것은 조선 한옥의 미학이었다. 특히 벽이 없는 정자 건축은 세계 건축가들의 교과서가 되어 버렸고, 담양의 소쇄원은 건축의 성지가 되었다. 못을 하나도 쓰지 않고 건축되는 조선집의 결구조 체계는 새로운 건축의 하드웨어에도 결정적인 계기가 되었다. 조선집이 가지고 있는 공간의 불확정성 역시 그랬다.

상을 펴면 식당이 되고, 이불을 펴면 침실이 되고, 차를 나누면 응접실이 되는 이 간단하고 편리한 공간의 다양성에 열광한 것은 비단 메타볼리스트들만이 아니었다. 여전히 건축의 로컬리즘은 기계 메타볼리즘의 반대편에서 하나의 대세를 이루고 있었다. 그들은 기계가 지은 집은 20세기에 아파트가 슬럼화되었던 것처럼 언젠가는 사람들에게서 외면받을 것이라 예상했다.

기계 도시는 숲도 자체로 공급하고 있지만 사람들은 여전히 휴가 때면 산과 바다를 찾아 나섰다. 기계 도시의 숲은 앞에서도 말했지만 그것 자체가 하나의 흔들리는 나무인 것처럼 온 도시를 뒤덮고 있는 중요한 요소였다. 멀리서 바라보는 기계 도시는 그야말로 거대한 숲이었다. 그러나 사람들은 숲이 하나의 요소라기보다는 여전히 대자연 자체이기를 원했다. 사람들은 '숲과 나'가 아니라 '자연 앞에서의 나'를 원했다. 나를 정화시키는 힘. 그것은 여전히 대자연밖에 없었다.

이 대자연을 위해서 메타볼리스트들은 도로를 없애기 시작했다. 이미 모든 연료는 태양열과 풍력으로 대체된 지 오래였다. 반도체 기술을 응용한 고집적 에너지 회로가 발견되면서 태양열은 밤에도 아무 장애 없이 이용할 수 있게 되었다. 풍력은 집 자체의 흔들림으로 생기는 기계 에너지를 사용해 태양열 에너지의 보조 에너지로 삼았다. 이제 사용할 수 없는 에너지는 없었다. 심해수는 물론이고, 달빛, 나무의 광합성, 인간이 걸을 때 지면을 딛는 에너지조차 저장할 수 있었다.

"사용할 수 없는 에너지는 없다."라는 이 긍정이 결국에는 도로를 없애는 데 결정적인 역할을 했다. 다시 로봇공학이 3D팩시밀리 기술과 접목되었다. 그것이 어디에 존재하든 모든 자원을 자체적으로 활용할 수 있는 공학기술과, 원본을 먼 거리에 있는 장소로 복제할 수 있는 3D팩시밀리 기술이, 원본을 아예 필요한 장소에서 만들 수 있게 했다. 즉, 상품 구매자는 인터넷에서 원하는 제품을 선택한다. 그러면 공급자는 그 제품의 설계도를 구매자의 3D팩시밀리로 전송한다. 그러면 구매자가 갖고 있는 3D팩시밀리는 특정 제품을 이루는 분자배열을 파악해 집을 생성해내듯이 직접 자원을 모아 특정 제품을 필요한 장소에서 만들어 내는 것이다.

이 기술로 모든 유통은 길을 갖지 않아도 되었다. 그리고 식품은 기계 도시에서 재배해 자체 유통시켰다. 야채나 과일도 3D팩시밀리로 불가능한 일은 아니었지만, 사람들은 여전히 뜨거운 햇빛 속에서 당도를 키운 과일과 흙에서 자란 야채를 좋아했다. 길은 이제 완전히 인간의 것이 되었다. 또 인간이 잊은 길은 완전히 산에 사는 짐승들의 것이 되었다. 모든 것이 각자의 것대로 있었지만 약하게, 느슨하게 연결이 된 미래.

나는 그런 꿈을 꾸고 깨어났나 보다.

헤매며 찾아가는 길

두 점을 잇는 가장 가까운 선을 수학에서는 직선이라고 한다. 그러니까 직선이라는 개념에는 속도의 문제가 개입한다. 지름길은 가장 짧은 거리이고, 동시에 가장 빨리 도달하는 길이다. 기계문명의 진보는 대체로 짧고 빠름을 추구한다. 바퀴의 발명에서부터 내연기관의 발명까지, 그리고 법과 도덕 같은 사회를 규제하는 체계들도 모두 그렇다. 인류는 무엇인가를 위한 지름길을 찾기 위해 기계문명을 발전시켜왔다. 그것이 뭘까? 우리는 무엇 때문에 바퀴를 만들고 더 빨리 가기 위해 죽는 걸까?

지금 우리 생활의 근간이 되어 버린 문명의 이기를 가만히 들여다보면 그 모습이야 어떻게 일그러졌든 공통되게 의사소통의 욕망을 담고 있다는 걸 쉽게 눈치챌 수 있다. 바퀴가 그렇고, 전화가 그렇고, 최근의 인터넷이 그렇다. 인류의 문명은 인간과 인간의 소통 문제를 좀 더 원활히 하는 데에 전력을 기울여 왔다. 사실 이 문제를 해결하기 위한 직접적인 도구 외에 다른 도구들은 모두 부수적인 산물이라고 해도 과언이 아니다.

전화는 공간의 거리를 급격히 좁혀 버렸고, 사람들의 생활 양상을 크게 바꾸어 놓았다. 서로의 의사를 원활히 전달하게는 했지만 대신에 사람과 사람 사이의 관계를 피상적인 것으로 만들었다. '용건만 간단히'였던 과거와 달리 요새는 전화로 할 말 못 할 말 마음대로 하게 되었지만, 말을 많이 하면 할수록 관계는 이상한 가면에 의해 점점 지워져간다. 우리는 전화를 받으면서 동시에 가면을 쓴다. 그 가면이 가성을 만들어내고 가식을 말하게 한다. 전화로 인해 우리는 과거의 사람들이 상상하지 못 할 정도로 빠르고 정확하게 자신의 의사를 상대방에게 전달할 수 있게 되었다. 그런데도 오해는 쌓이고 관계는 소원해져간다. 마음이 전달되지 않는 것이다.

개미는 더듬이를 통해 서로의 페로몬을 나눔으로써 정보를 교환한다고 한다. 말하자면 어디에 어떤 먹이가 있다는 걸 상대방에게 전달하는 것이다. 만약 개미에게도 감정이 있다면 그들의 의사소통은 그야말로 적나라한 것이 될 것이다. 인간의 사회는 자기의 감정을 억제하면서 유지된다. 개미의 사회도 그런 것인지 모르겠지만 어쨌든 그렇지 않다고 할 때 완전한 감정전달을 바탕으로 이루어지는 사회는 아주 냉혹할 것같다. 개미 사회의 잘 정돈된 역할과 통제를 보면 정말 그들은 통째로 자신의 감정을 상대방에게 전달하는 것이 아닌가 하는 생각이 든다. "나는 너를 별로 좋아하지 않아. 왠지 알아? 그 이유는……." 하는 모든 마음들이 오해 없이 상대방에게 전달된다면 인간의 사회는 어떻게 변할까? 아마 지금과는 사뭇 다르지 않을까?

같은 방식이지만 이동전화는 탁상전화와는 아주 다르게 우리의 생활 양상을 변화시켰다. 말하자면 종래의 전화가 가지고 있던 코드의 장소성을 없애버림으로써 공간과 시간을 모호하게 만든다. 탁상전화는 다이얼과 장소가 일치했지만 이동전화는 장소와 다이얼의 코드가 일치하지 않는다. 전화를 받는 사람은 학교에 있을 수도 있고, 지하철 안일 수도 있으며 심지어는 교도소 안일 수도 있다.

그래서 우리는 이동전화를 걸고는 "어디야?"라고 묻는다. 이제 전화는 아주 개인적인 양식이 되었으므로 "누구냐?"라고 묻지 않게 되었다. '누구냐?'보다 '어디냐?'가 더 중요한 인식의 자리를 차지한다. '어디냐?'가 더 중요해진 이유는 앞에서도 지적했듯이, 장소의 문제가 모호해졌기 때문이다. 우리는 약속 장소로 가면서 도중에 다른 중요한 일이 생기면 시간을 조정할 수 있게 되었으며, 장소도 허비한 시간만큼 더 가까운 곳으로 옮길 수 있게 되었다. 장소란 과거에는 정확한 좌표가 필요한 것이었지만 지금은 '어디 근처'로 정해진다.

이 모호한 방식이 오히려 과거의 많은 오해를 줄여 주었다는 것은 참 희한한 일이 아닐 수 없다. 약속 시간에 늦는 이유가 약속한 시간 전에 설명되고, 그때그때의 상황에 따라 장소는 더 합리적인 곳으로 변한다. 사실 우리는 지름길을 위해 만들어진 도구를 돌아가기 위한, 혹은 헤매기 위한 도구로 사용하고 있는 것이다. 그렇다면 지름길은 과연 무엇일까? 어디에 있는 걸까?

인터넷을 이용하다보면 무엇을 빨리 찾기 위해 시작한 검색이 한없이 늘어지고 있는 걸 문득 깨닫게 될 때가 있다. 처음에는 하나의 목표를 향해서 근사치들을 찾다가 나중에는 근사치가 자극하는 흥미에 이끌려 엉뚱하게 처음의 목표와는 다른 목표를 향해 검색어를 타이핑하는 자신을 발견하게 된다. 그러나 이런 헤맴이 결코 기분 나쁘게 느껴지지 않는 것은 왜일까? 돌아 왔는데도 뭔지 모를 뿌듯함이 있다. 그것은 결코 빨리 갔으면 얻지 못하는 즐거움이다. 헤매면서 얻는 즐거움. 그것이야말로 마음의 지름길이고, 그런 지름길이야말로 헤매지 않고는 찾을 수 없는 길일 것이다.

모든 여행은 순례다

모든 여행은 순례다. 종교적 순례가 말씀을 좇아, 말이 발설된 고장을 찾아 떠나는 여행이듯이, 더위를 피해 떠나는 여행이든, 정리를 위해 떠나는 여행이든, 모든 여행에는 순례의 비장함이 있다. 우선 짐을 싼다는 것부터가 사실은 범상치 않은 행위이다. 왜냐하면 짐을 싼다는 행위에는 일정한 정도의 포기가 병행되기 때문이다. 꼭 필요한 물건 같은데도 뭔가 짐이 될 것 같은 것은 배제하는 결단이 요구되기 때문이고, 필요 없는 물건이라도 혹 그 물건이 요긴하게 쓰일 비상사태를 생각해서 꾸려 넣는 배려도 있어야 하기 때문이다. 그래서 짐을 싸는 행위는 우리가 우리의 일상을 되

돌아보는 흔하지 않은 계기가 된다. 짐을 싸면서 우리는, 왜 이렇게 많은 물건들과 같이 살아가야 하는지, 스스로가 답답해진다. 일상에 대한 성찰이 이루어지는 것이다.

그렇게 짐을 다 싸고 나면 우리는 집을 떠난다. 나에게 필요한 몇 가지 물건이 들어 있는 짐 가방이 마치 집의 부재를 대신해 주기라도 할듯, 우리는 털어버리듯 집을 나선다. 처음부터 집(텐트)을 갖고 떠나는 경우도 있겠지만 우리는 항상 집은 어디에나 있을 거라고 믿는다. 그러나 과연 집은 어디에나 있는 것일까?

집이 어디에나 있다고 믿는 것이 아니라, 어디라도 거기가 다 집인 사람은 돌아오지 않는다. 반대로 어디에도 집이 없는 사람은 돌아오는 사람들이다. 그러니까 어디에 있든 그곳이 다 집인 사람은 집이 없는 사람이다. 반대로 돌아오는 사람은 어김없이 집이 있는 사람이다.

집을 말안장에 싣고 다니는 유목민들에게 있어 집은 과연 무엇일까? 그들의 말안장에 묶여 있는 집은 그냥 짐일 뿐이다. 유목민의 진정한 집은 저 광활한 초원이다. 그래서 방랑하는 유목민들은 돌아오지 않는다. 계속 앞으로 나아간다. 왜냐하면 그들에게 집은 돌아가야 할 곳이 아니라 나아가야 할 곳이기 때문이다. 따라서 그들의 귀향은 돌아오는 것이 아니라 나아가는 것이다.

그래서 세계사가 기록하고 있듯이 유목민들의 귀향은 로마제국을 멸망시켰으며 유럽에 깊은 상처를 남겼다. '집 없음'에 대한

'집 있음'의 두려움. '집 없는 자'들에 대한 '집 있는 자'들의 두려움. 전 유럽을 공포로 몰아넣은 초원의 유목민은 나중에 둘로 나뉜다. 초원으로 돌아간 유목민과 돌아가지 않은 유목민. 초원으로 돌아가지 않은 유목민은 거기서 그들의 집(짐)을 꾸몄다. 중국 대륙에 원을 세웠고, 러시아에 킵차크한국을 세웠으며, 페르시아에 일한국을 건설했다. 그리고 나중에는 인도를 침략해 무굴제국을 세운다. 모두 나아간 그 자리에 집을 지었던 사람들이었다. 집 없는 사람들이 집 있는 사람들을 경멸했던 시대였고, 집 있는 사람들이 집 없는 사람들에게 깊은 두려움을 느꼈던 시대였다.

낯선 곳에서는 누구나 이 '집 있음'의 두려움 앞에서 집을 생각하지 않을 수 없다. 다시 어머니의 품으로 돌아가고 싶은 어린아이가 된다. 왜냐하면 나와 다른 이들이 구분되지 않고, 집들의 문은 완고하게 닫혀 있으며, 거리는 나에게 아무런 방향도 제시하지 않는다. 그때의 무작정 내딛는 한 발자국이 이후의 나의 여행을 결정한다는 것은 또 얼마나 무모한 일인가? 그러나 그렇게 여행은 시작되고 순례의 길은 열린다. 오류에서부터 시작한다는 것, 여행은 그 오류를 받아들이는 일이다.

하긴 모든 순례의 길은 피의 길이 아닌가? 먼저 간 발자국을 되짚으며 걷는 고행이기도 하고, 십자군 전쟁처럼 되찾기 위한 살육이기도 하며, 가시면류관을 쓰고 십자가를 짊어지고 오르는 언덕이기도 하다. 그러니 여행이 순례가 되지 않는 사람들은 영원히

'짐'을 들고 '집'을 그리워할 것이고, 여행이 순례인 사람들은 어디서나 자기의 '짐'을 풀 '집'을 발견할 것이다. 집의 '있음'에 대한 발견이 아닌, 부재하는 집에 대한 발견.

우리의 여행은 자기에 대한 발견보다는 이제까지의 자기를 버리고 새로운 자기를 들여놓는 행위이다. 외부를 받아들이고, 진정으로 이해하며 받아들이는 관용이 필요해지는 것이 바로 여행이다. 자기를 짊어지고 언덕을 오르는 십자가는 없다.

국경, 거듭되는 전생의 만남

예전엔 매년, 그리고 노동시간이 줄어들면서 이제는 매주 사람들이 도시를 떠난다. 다들 가까운 산, 혹은 먼 산을 찾아, 물 맑은 곳을 찾아 도시를 벗어난다. 그렇게 막히는 고속도로 위에 나도 있다. 우리나라 전체 인구의 93퍼센트가 넘는 사람들이 도시에 살고 있는 지금, 도시인들은 무엇을 찾아 도시를 떠나는 것이 아니라, 그냥 도시를 떠나는 것이 목적인 듯하다.

좀 더 먼 다른 나라를 찾아가는 여행도 별반 다를 것은 없다. 그래서 여행보다는 여행을 준비하는 것에 더 설레는 것이겠지. 영원히 아스팔트에 붙박이 조형물처럼 남겨질 것 같은 고속도로 위에서, 비행기를 타기 위해 공항에서 웅성거리는 한 무리의 여행객들을 보면서, 도대체 풍경은 어디에 있는 것일까 생각한다. 한 여행객이 혼자 공항 의자에 앉아 어딘지 알아보기도 힘든 복잡한 지도를 펴 놓고, 골몰해 있다. 어디를 가려는 걸까? 인도? 중국? 아니면 유럽인지도 모르지. 그 지도에는 나도 있다.

국경을 넘는다는 것은 좀 위태하다. 무수히 많은 국경을 넘어 다녔지만, 나는 항상 국경을 넘을 때마다 두렵다. 누가 꾸려 준 것도 아닌, 온전히 내가 만든 내 가방 안에 무엇이 들었는지 내가 자신할 수 없어지는 것도 그때이고, 여권을 좁은 책상에 놓으며 완전히 타인의 시선에 나를 맡겨놓는 것도 그때이고, 그럴 때마다, 나는 내가 나라는 것을 증명할 길이 없을지도 모른다는 생각이 든다. 도대체 그들의 컴퓨터 화면에 나라는 사람은 어떤 모습일까? 나는 혹 위험하지는 않을까? 나는 혹시 불법 노동자는 아닐까? 마약 운반책인가 나는? 도망자일지도 몰라. 그들에게 나는 누구일까?

네팔에서 인도로 넘어오던 국경에서 우리는 검색을 받았다. 우연히 만난 여행객 셋이 카트만두에서 친해졌고, 히말라야를 오르며, 살아서 이 산을 내려가게 되면 인도로 같이 가자고 약속했다. 고소증세와 배고픔, 추위에 시달리면서도 우리는 살아 있었고, 살아 있다는 것 때문에 사단이 났다. 우리 셋의 짐이라고 해 봐야 가방 세 개가 전부였다. 검색대도 없고, 창구도 없는, 단지 껍질을 벗긴 길고 가느다란 나무 하나가 가로누워 있는 소나울리 국경 마을. 거기서 우리는 짐을 검색하는 경찰과 싸웠다. 처음에 나는 사생활을 너무 깊숙이 건드리고 있는 경찰에게 항의하는 줄 알았는데 싸우다 보니 다른 사람들은 그게 아니었다. 필요 이상의 화를 내고 있었다. 나는 슬그머니 꼬리를 내렸다. 뭔가 이건 아니다 싶었다. 일행 중 한 사람이 서슬이 퍼렇게 화를 내자 순진한 경찰은 몇 번 언성을 높이다 수그러들었고 우리는 가로놓인 나무를 건너 인도로 들어왔다. 너무 어이없는 국경이 아닌가. 나는 일행에게 왜 그렇게 목소리를 높였느냐고 묻지 않을 수 없었다.

"응. 가방에 어제 피우다 남은 해시시가 숨겨져 있었거든."

아, 그랬구나. 큰일 날 뻔했다.

국경을 등지고 내가 여행했던 저편과 멀어진다. 그리고 그 너머에는 티베트와 네팔의 국경이 있었다. 히말라야에서 흐르는 자그마한 개울에 나 있던 다리. 그것이 티베트와 네팔의 국경이었다. 종일을 걸어 비로소 멀리에 있는 그 다리를 본 나는 얼마나 설렜던가. 국경을 넘는 두려움의 정체는 설렘이었나? 황량한 티베트의 고원을 걸어서 히말라야를 넘으며 마주한 녹색의 숲. 비 내리던 숲으로 구절양장처럼 나 있던 길의 경계에서 마주한 국경의 다리는 소박했고, 그래서 더 아름다웠다. 그리고 내 여권에 찍힌 소인은 오늘 내로 이 나라를 떠나라고 등 떠밀고 있었고. 그래서 내 여권을 살피던 어린 중국인 관리는 짓궂게 웃으며 출국 도장을 찍었다. 국경의 개울물 소리가 쿵, 하는 소리와 함께 녹음이 우거진 숲으로 밀려났다.

지금 지도를 보고 있는 저 사람은 아무것도 모르리라. 그 지도 위의 길에서 어떤 풍경들을 만나게 될지. 축복, 축복을. 풍경은 언제나 자신의 내부에 있다. 우리가 어디에서 무엇을 보든 그것이 자신의 내부에서 울리지 않으면 우리가 본 모든 것은 그저, 건물이고, 나무고, 강일 뿐이다. 티베트에서 보았던 무수한 별들, 몽골의 바람, 그 호수, 반딧불이가 아름답게 떠다녔던 콸라 셀랑고르의 맹그로브 숲, 그 모든 것들은 이미 내 내부에 있었다. 나는 그걸 본 것일 뿐이다. 여행은 목적지가 없는 과정이다. 우리의 생 자체가 그렇지 않은가. 아이들이 자라고 어른이 되어 또 자신의 자식을 보면서, 우리는 아무런 보상이나 연민 없이 행복하고 감사해 하지 않는가? 끝없는 여행. 우리는 목적지 없는 행복한 여행을 하고 있는 중인 것이다.

가만히 내가 여행했던 고장들을 떠올려 본다. 태양이 강렬했던 티베트, 인도의 하루 같았던 네팔, 그리고 그 깊은 눈의 인도인들……. 초원을 달리던 몽골의 아이들, 오키나와의 노을, 방콕의 길거리들, 필리핀의 야자수들. 그리고, 소쇄원의 눈 내리는 소리. 그리고 내가 만난 사람들. 히말라야 요기 신도사, 다람살라의 라마승 청전, 화엄사의 종서, 빌라 에베레스트에서 만났던 동권, 여행자 라현, 구도자 미향, 네팔에서 만난 비를리, 티베트에서 만난 독일 연인들, 씩씩했던 이름 모를 이스라엘 소녀들, 영어 못한다고 구박했던 영국 아줌마…… 그리고 스즈키. 나와 만날 때까지 스즈키는 10년 동안이나 세계의 이곳저곳을 떠돌았다고 했다. 일찍 일본을 떠나 미국에서 생활하던 그가 여행을 시작한 지 10년째, 티베트는 처음 찾아왔다고 했다. 그는 나에게 전설이면서 실재하는 산 카일라스의 존재를 알려 주었다. 힌두와 불교의 성지인 그곳. 일곱 겹의 황금 산들이 둘러싸고 있고, 우주의 중심축인 산. 그 윤회와 환생의 비밀이 기대고 있는 산의 정체로부터 그와 나의 대화는 시작되었다. 우리는 그 산에 가 보기로 했다. 그리고 마치 국경을 넘듯 그와 나의 만남과 헤어짐이 시작되었다.

나는 그와 티베트의 수도 라사에서 헤어졌다가 시가체에서 다시 만났고, 라체에서 다시 헤어졌다. 라체에서 헤어지며 우리는 팅그리에서 만나기로 약속했다.

"함, 비자 기간이 얼마 안 남았다. 나는 팅그리에서 3일간 너를 기다리겠다. 꼭 무사히 만나자."

그러나 나에겐 비자 기간 따위는 아무래도 좋았다. 나는 그 산에 가 보고 싶은 마음에 그와의 약속은 어차피 지키지 않을 생각이었다. 그리고 나는 라체에서 혼자 남아 카일라스로 가는 방법을 백방으로 수소문하다가 결국 실패했다. 그리고 그와의 약속을 떠올리며 팅그리로 향했다. 그렇게 팅그리에 도착한 나는 그를 찾았다. 그가 무사히 거기에 도착했다면 만나지 못할 리가 없었다. 팅그리는 너무 작은 마을이기 때문이었다. 그러나 그는 거기에 없었다. 어떻게 된 일인가? 무슨 사고가 있었나? 거꾸로 내가 그를 거기서 3일을 기다렸지만 들려오는 소식은 흉흉했다. 나는 필시 그에게 변고가 있는 거라고 짐작했다. 그러나 나도 이젠 막연히 기다릴 수만은 없었다. 그렇게 팅그리를 떠났다.

'스즈키 상, 제발 무사하라.'

그렇게 빌며 국경무역을 하는 트럭을 얻어 타고 가다 하루 묵게 된 마을에서 나는 내가 얼마나 바보 같은 짓을 하고 있었는지 알게 되었다. 히말라야의 준령들이 한눈에 보이는 곳, 마치 하늘 한가운데 와 있는 것 같은 마을, 거기가 바로 팅그리였다. 그러면 내가 묵었던 곳은 뭔가? 거기도 팅그리였지 않나?

"아, 거기는 뉴팅그리다."

뉴팅그리는 초모랑마로 가는 산악인들을 위해 새로 만들어진 마을이라는 설명이었다. 그렇다면 스즈키는 여기서 나를 기다렸다는 말인가?

"일본인이 여기서 누굴 기다린다고 3일간 묵다 그저께 떠났다. 보통 여기서 3일 씩 묵는 사람은 없다."

여관 주인의 말이었다. 그렇게 우린 헤어졌다.

나는 국경을 넘어 카트만두에 도착했다. 또 낯선 곳. 나는 공항에서 지도에 골몰하고 있는 여행객처럼 시내의 서점에서 지도를 뒤지고 있었다.

"독립군!"

나를 이렇게 부르는 사람들은? 라사에서 만난 일행들 중 둘이었다. 우리는 반가움에 눈 오는 날의 강아지처럼 깡충깡충 뛰었다. 카트만두여, 그때 너는 얼마나 아름다웠는가? 우리는 또 술집을 전전했고, 사람들을 만났고, 히말라야도 갔고, 밤새 이야기꽃을 피웠다. 그러다 어느 날 저녁, 거리를 어슬렁대다 앞에서 익숙한 뒤통수를 발견했다. 스즈키였다. 그날 스즈키와 나는 밤새 술잔을 기울이며 팅그리와 뉴팅그리를 가지고 놀았다. 스즈키는 인도로 간다는 내 말에 그러면 꼭 바라나시를 들러보라고 했다.

"그러지. 그런데 거기에도 뉴바라나시가 있는 건 아닌가?"

웃었다. 그리고 헤어졌다. 그리고 바라나시에 갔을 때, 그 강의 비현실적인 몸을 만졌을 때 나는 왜 스즈키가 이곳에 가 보라고 했는지 알 것 같았다. 시체를 태우는 희뿌연 연기처럼 바라나시도, 갠지스 강도 너무 멀리 있었다. 그리고 거기서 스즈키를 만났다. 포옹. 뉴바라나시 같은 건 없었다. 그리고 그것이 그와의 마지막 만남이었다.

스즈키와 나의 국경은 그렇게 사라졌다. 모든 것이 우연이었고, 우리는 그 우연이 허락하는 동안만 같이 여행했다. 정주하지 않았으므로 우리는 헤어졌고, 다시 만날 때까지 우리는 혼자였다. 이들과 같이했던 내 여행의 소중한 부분들을 나는 잊지 못한다. 처음부터 마지막까지 만나고 헤어짐을 반복했지만 우리에게는 그저 아무렇지도 않은 일상이었다.

여행이라는 것이 아무렇지도 않은 일상이 되어 버렸을 때 나는 비로소 여행자가 되어 있었다. 우리는 히말라야에서도, 인도에서도, 티베트에서도 서울의 어느 일상과 다름없이 먹고 자고 놀고, 웃었다. 볼거리를 찾아 여기저기 기웃대지 않았고, 예약하지 않았고, 사진도 찍지 않았으며, 시간에 허둥대는 일도 없었다. 생각해보라. 앞의 모든 것을 다 하지 않으면 허둥댈 일이 뭐가 있겠는가. 더군다나 인도는 당시만 해도 기차 시간에 훨씬 늦게 도착해도, 가서 기다리면 30분 후에야 그 기차가 오는 지경이었으니 말해 더 무엇하리.

스즈키는 네슬레에서 나온 이유식 병을 항상 갖고 다녔다. 아침이면 거기에 뜨거운 물을 담고 라면을 부숴 넣으면 한 끼가 해결되었다. 히말라야 요기는 생식을 했던 사람이라 식성이 까다로웠다. 라현은 참고 먹는 편이었고, 나는 뭐든지 잘 먹었다. 요기와 있을 때, 그의 까다로운 식성 탓에 호강하는 건 항상 나였다. 개개인의 식성에도 항상 국경이 존재했다.

티베트에 있을 때 요기가 메기 한 마리를 사 가지고 왔다. 그는 메기를 압력솥에 넣고(요기는 항상 압력솥을 갖고 다녔다.) 맹물에 죽염만 넣고 푹 끓였다. 생선 요리를 먹어 본 지 하도 오래된 터라 우리는 모두 기대에 차서 솥 주변을 떠나지 않았다. 그리고 마침내 뚜껑을 열었을 때 우리는 실망했다. 어죽 같은 것을 기대했던 우리는 살점 하나 흐트러뜨리지 않고, 마치 뜨거운 물속을 헤엄치듯 고스란히 남아 있는 메기 한 마리를 보고 놀랐다. 도력이 상당한 메기라는 생각뿐이었다.

이걸 어떻게 먹지? 다들 숟가락을 들고 난처해할 때 자리를 박차고 먼저 일어나 식당으로 향한 사람은 라현이었다. 그리고 먼저 살 한 점을 떼어 맛본 사람은 당연히 요리사인 요기였다. 맛있다. 나는 반신반의, 조심스럽게 젓가락으로 한 점 떼어 맛보았다. 아, 그 기막힌 감칠맛과 향은 지금도 잊을 수가 없다. 그리곤 다들 달려들어 국물까지 깨끗이 비웠다. 많은 사람의 실망스런 얼굴에 당황하던, 그리고 나중에는 득의양양하던 요기의 표정이 생각난다. 지금은 그립고, 먼 국경이다.

요기는 다람살라에서 토굴을 파고 혼자 수련 중이었다. 수행 중에 몸에 병이 났고, 그는 스승 없이 하는 공부에 한계를 느꼈다. 그래서 히말라야에 스승을 찾아왔고, 결국 스승은 만나지 못한 채 해발 5,600미터 고락셉에서 수행을 포기했다. 나는 그의 긴 머리를 잘라 주었다. 그의 엉덩이까지 내려오던 머리카락은 인간의 육신이 죽으면 무엇이 되는지 내게 알려 주었다. 먼지. 인간의 신체 중에서 머리카락은 먼지와 가장 닮아 있다.

그리고 나는 아직 여행자다. 매번 한국에 들어갈 때마다 이제 돌아간다는 안도보다 비자를 받지 않아도 되는 것에 안심이 된다. 그리고 매번 감탄한다. 눈부시게 푸른 한국의 하늘에, 공항에서 들어오다 만나는 한강에. 어쩌면 히말라야의 요기와 스즈키 상은 다른 세계의 같은 인물이었는지도 모른다. 그 다른 두 세계는 놀랍도록 닮아 있었다. 그리고 결국 그들이 가고 있는 목적지도 하나일 것이다. 스즈키 상은 아직도 어딘가를 떠돌고 있을 것이다. 마찬가지로 히말라야 요기도 어딘가를 떠돌고 있을 것이다. 나도 이 일상에서 떠돌고 있다. 만일 여행의 새로움이 존재한다면 일상의 늘 보는 풍경 역시 신기이다. 해 아래 새로운 것은 없다지만 모든 것을 새롭게 보는 눈을 가진 자는 진정 행복할 것이다. 그렇다면 우리의 여행도 영원하다. 나는……. 나의 만남이 아직 끝나지 않았다면 나의 여행도 계속되고 있을 것이다. 마치 거듭되는 우리 전생의 만남들처럼.

행복, 웰빙, 만족에의 욕망

행복은 가까이에 있다. 참으로 뻔한 명제 아닌가? 치르치르와 미치르가 찾아 헤매던 파랑새는 분명 집 안에 있다. 그러나 그 집 안에 있는 파랑새를 찾기 위해 우리는 언제나 바깥으로 나가는 것을 두려워하지 말아야 한다. 거지로 변한 성자를 알아보는 것은 나같이 평범한 사람에게는 너무도 어려운 일이다. 누구나 한 번쯤은 아니, 여러 번 그 성자를 쫓아 보내고서야 그 거지가 성자라는 것을 알아본다. 때가 늦었든 아니든, 우리가 그 성자를 알아챘을 때 우리는 조금씩 자란다. 행복해지기 위한 준비를 하는 것이다.

그런데 몇 년 전부터 한국사회에 불고 있는 웰빙Well-being 열풍은 이런 행복해지기 위한 준비와는 거리가 먼 것 같다. 나무 한 그루를 바라보면서 느끼는 행복함. 그것이 과연 아무 준비 없이 되는 일일까? 웰빙하기 위해서 몸을 만들고, 좋은 음식을 먹고, 건강한 생각을 한다는 것 역시 준비하는 것이다. 여기서 차이를 만드는 것은 그것 자체가 웰빙이라고 생각하는 것이다. 좋은 음식을 먹는다는 것 자체가 웰빙은 아니다. 좋은 음식을 먹고 '만족한 상태'가 되어야 한다. 중요한 것은 어떤 행위를 통해 만족을 느껴야 한다는 것이다. 자크 라캉은 인간의 욕망은 타자의 욕망이라고 말했다. 인간은 타자의 시선을 느끼고 그것에 부합하려 한다. 스스로가 가지고 있는 욕망이 타자의 것일 때 우리는 결코 만족하지 못한다. 자기 안의 욕망이 아니라면 만족은 영원히 불가능하다. 따라서 웰빙은 철저히 개인적인 말이다. 이 지극히 개인적인 만족의 상태가 현대 사회에서는 매스미디어라는 강력한 대중조작 매체에 의해 위협받고 있다. 인간의 욕망이 타자의 욕망이라면 매스미디어는 가장 강력하고 광범위한 타자를 이루기 때문이다. 그래서 나는 라캉의 말을 이렇게 고쳐서 말하고 싶다.

"인간의 욕망은 매스미디어의 욕망이다."

웰빙 열풍도 여기서 자유로울 수 없다.

또 하나, 개인적인 만족은 대단히 중요한 것이지만 그것과 사회가 갖는 관계도 당연히 존재한다. 이 글에서 나는 욕망과 웰빙의 의미와 그것이 사회와 맺는 관계로서의 공공성의 문제, 그리고 공공성을 포함한 행복의 조건들에 대해서 말하려고 한다. 인간의 욕망에 대한 자세한 언급 없이 웰빙을 이야기할 수는 없다. 또 개인적인 만족과 사회적 가치의 충돌을, 그리고 그런 것들이 원활히 존재할 수 있는 조건들에 대해 말하지 않을 수 없다. 그래야 웰빙이라는 실체가 나타나기 때문이다.

욕망의 얼굴

인도의 시바 사원 입구에는 언제나 한 얼굴이 있다. 시바 사원에 들어갈 때 사람들은 먼저 입구에 있는 이 얼굴에게 경배를 올려야 한다. 이 흉측한 얼굴이 시바 사원의 입구에 있게 된 데는 다음과 같은 이야기가 전해 온다.

어느 날 한 괴물이 시바 신을 찾아온다. 그리고 다짜고짜 이렇게 얘기한다.

"당신의 아내를 내 애인으로 삼고 싶다."

시바는 파괴와 창조의 신이며 우리가 우주라고 부르는 것은 바로 이 시바의 춤이다. 그럴 정도로 막강한 힘과 권능을 가진 신이 시바이다. 그런데 웬 괴물 하나가 와서 아내를 달라고 하니 기가 막힐 노릇이다. 당연히 시바는 분노하여 이마에 있는 제3의 눈을 뜬다. 그 순간 제3의 눈에서 벼락이 나와 땅을 때리고 불길과 함께 연기가 자욱하게 일어났다. 그만큼 시바의 분노가 컸다는 얘기다. 그런데 연기가 사라지자 엉뚱하게 벼락이 떨어진 그 자리에서 또 다른 괴물 하나가 나타난다. 이 괴물은 심한 뻐드렁니에 피골이 붙을 정도로 깡마른데다가 머리카락은 사방으로 흩어져 흡사 사자의 털 같았다. 바로 시바 사원의 입구에 놓인 그 얼굴이었다. 이 괴물은 나타나자마자 주체할 수 없는 허기에 시달렸다. 그래서 옆에 있는 먼저 온 괴물을 먹으려 했다. 그러자 먼저 온 괴물은 기겁해서 시바에게 도움을 청했다.

"시바여, 이 몸을 신의 자비 앞에 던지나이다."

신의 아내를 탐했던 자가 신에게 자비를 청하고 있는 것이다. 인도 신화에서는 누구든 신의 자비 앞으로 몸을 던지면 신은 자비를 베풀어야 한다. 그래서 시바는 이 까닭 모를 허기에 시달리는 괴물에게 그를 먹지 말라고 명령한다. 그러자 까닭 모를 허기에 시달리는 괴물은 시바에게 항변한다.

"그러면 어떻게 하라는 말인가? 당신이 나를 이토록 허기지게 만들었으니 나는 이 괴물을 먹어야겠소."

그러자 시바는 이 곤란하고 어이없는 괴물에게 명령한다.

"그렇게 배가 고프면 너 자신을 먹어라!"

그러자 이 괴물은 정말 자신의 발부터 시작해서 몸통, 팔까지 다 먹어치운다. 그러고는 얼굴 하나만 달랑 남는다. 시바는 이 어이없는 상황을 물끄러미 바라보다 이렇게 얘기한다.

"삶이라는 게 무엇인지 이토록 극명하게 보여준 예는 일찍

이 보지 못했다. 내 너를 '키르티무카'라고 부르리라."

키르티무카는 '영광의 얼굴'이라는 뜻이다. 그리고는 이어서 이렇게 말한다.

"누구든 너를 예배하지 않는 자는 나에게 올 자격이 없다."

이 영광의 얼굴은 남의 생명을 먹고 사는 생명의 이미지이자, 영원히 닫히지 않는 욕망의 무한 순환 궤도를 보여주는 극단적인 예이다. 라캉에 따르면 욕망의 대상은 욕망의 원인이다. 그리고 이 욕망의 원인인 충동의 대상은 들뢰즈에 의하면 '빈 집La case vide', '빈 선반L'étagère vide', '빈 단어Le mot blanc'이다. 여기서 간단하게 라캉의 충동 개념을 살펴볼 필요가 있다.

충동은 그 원천으로서 각각의 '기관'이 존재한다. 그것이 바로 성감대이다. 성감대는 신체의 기관으로서 네 가지가 있는데 충동은 이에 대응하는 것을 말한다. 입과 구순충동, 항문과 항문충동, 눈과 시각적 충동, 귀와 청각적 충동이 그것이다. 이것은 프로이트와 라캉에게 공통적으로 발견된다. 그러나 라캉에게 있어 충동은 프로이트와 달리 통일적인 하나가 아닌 여러 조각으로 나뉜 '부분'이다. 프로이트는 성적 충동은 처음에는 서로 독립적으로 활동하지만 나중에는 완벽하게 통합된다고 보는 반면, 라캉에게 있어 충동들은 오로지 파편적인 부분들일 뿐 서로 통합되어 전체를 이루는 법은 없다. 이 충동의 목적은 '기관의 즐거움'이고 그것은 '자기성애'의 형식 속에서 실현된다. 그러니까 충동은 대상과는 아무런 관련이 없다. 말하자면 우리가 음식을 먹는 것은 배고파서 그것을 해결하기 위해 먹는 경우도 있지만, 이것은 본능이나 욕구에 가깝다. 충동은 단순히 입을 즐겁게 하기 위해 먹는 것을 말한다. 우리는 배가 고프지 않는데도 무엇인가를 입으로 가져간다. 그것은 대상에 대한 욕구가 아니라 단지 입이라는 기관을 즐겁게 하기 위한 것이다.

그러니까 진정한 즐거움의 원천은 입 자체가 되므로 충동은 입으로 시작해 입으로 다시 돌아간다. 즉, 충동의 원천이자 충동이 도달하고자 하는 목표는 똑같이 입이다. 그러나 충동의 목적은 입이 아니라는 사실이 매우 중요하다. 충동의 목적은 오로지 입에서 입으로 순환하는 도정에 있는 것이지 입이 아니다. 라캉이 활쏘기의 비유에서 얘기하고 있는 것처럼, 활쏘기에서의 목적은 과녁을 맞혀 점수를 얻는 데 있지 과녁 자체는 아니다. 그러니까 활쏘기의 목적은 점수를 얻는 과정에 있는 것이다. 충동의 목적 역시 마찬가지이다. 충동 역시 입의 만족을 얻기 위해 계속해가는 도정에 있다. 단지 입이 궁금해서 먹을 경우, 우리는 한없이 무언가가 반복된다는 느낌을 받는다. 나의 의지와는 상관없이 계속해서 음식물에 손이 간다. 그때 우리는 결코 도달할 수 없는 무엇이 있다는 것을 느낀다. 그것을 자각하는 순간, 우리는 행위를 멈추게 된다. 그때서야 우리는 계속 손에서 입으로 가져가던 음식물을 한편으로 밀어 버리게 된다.

이 끝없는 순환의 궤도에서 우리는 욕망의 얼굴을 엿볼 수 있다. 결코 도달할 수 없는 빈 집이자, 빈 선반이고, 빈 단어인 잃어버린 대상, 그 결여와 결핍의 '영광의 얼굴'과 마주하게 되는 것이다. 따라서 욕망은 충동의 대상으로부터 근원적인 만족을 얻을 수 없다.

다시 인간의 욕망은 타자의 욕망이라는 말로 돌아가 보자. 이제까지의 논의에서 우리는 욕망이라는 문제는 결코 해소되지 않는다는 결론을 얻었다. 어느 선에서 적절한 합의에 의해 해결될 수는 있지만 해소되지는 않는다. 욕구는 대상을 충족시킴으로써 해소되지만 욕망은 해소되지 않는 것이다. 그렇다면 욕구, 요구, 욕망은 어떻게 다른가? 라캉에게 '욕구Need'는 생물학적인 것이다. 그러나 그것이 사회적으로 전환될 때 '요구Demand'가 된다. 입이 궁금한 것은 충동이다. 그러나 배고파서 분명한 대상인 밥을 먹고 싶은 것은 욕구이다. 그러나 그 밥이 다른 사람이 아닌 엄마가 차려주는 밥이었으면 하는 것은 요구이다. 그런데 욕망은 라캉적 의미에서 좀 다른 차원으로 넘어간다. '욕망Desire'은 기표에 대해서, 상징계에서 성립한다. 앞에서도 얘기했듯이 욕망이란 '타자의 욕망'이고, 이것은 기표 체계에 대한 것이다. 왜냐하면 욕망이란 판사, 검사, 변호사와 같은 기표에 대한 욕망이고 결국 대타자의 욕망을 욕망하는 것이기 때문이다. 그래서 욕망은 기표체제를 떠돌게 된다. 우리가 '만족한 상태Well-being'라는 말을 이 욕망의 기표

체계에 집어넣을 때 그것은 끝없이 떠돌게 된다. 거기에 만족의 상태는 영원히 부재한다. 우리가 웰빙이라는 만족한 상태가 아닌 웰빙이라는 욕망을 찾고자 할 때의 위험성이 여기에 있다. 아마도 우리는 영원히 만족하지 못 할 것이다. 자신의 몸을 다 먹고 머리만 남은 채 뒹구는 저 영광의 얼굴처럼.

결국 키르티무카는 기표 체계를 떠도는 욕망의 얼굴이다. 시바가 말했듯이 이 욕망의 얼굴을 깊이 숙고하지 않고서는 행복의 성전에 도달하지 못하는 것 또한 사실이다. 우리가 웰빙을 생각하는 이유도 거기에 있다.

Well-being 상태에 대한 만족

"당신은 행복합니까?"라고 물으면 얼마나 많은 사람이 여기에 자신 있게 "예."라고 대답할 수 있을까? 아니, '예'라는 대답은 고사하고 대부분의 사람들은 '글쎄요'라거나 뭘 그런 걸 묻느냐는 곤란한 얼굴을 지을 것이 분명하다. 그렇다면 질문을 바꿔보자. "안녕하세요?"라고 물어 보자. 이 의례적인 인사말에는 "예." 혹은 "그렇지요, 뭐." 하는 대답이 관례다. 그런데 우리는 간혹 가다 그 의례적인 인사에 정확히 답변하는 사람들을 만난다. "전혀 안녕하지 못합니다."라든가, 좀 더 공격적으로 "지금 내가 안녕해 보여요?"라고 도리어 물어올 수도 있을 것이다. 비록 의례적이지만 안녕하다는 물음에 그렇다고 대답하는 사람들은 크게 나쁠 것도 없는 사람이 대부분일 것이다. 자세히 생각하면 여러 가지 복잡한 일들이 많지만 지금 상태는 크게 나쁘지 않다는 것이다. 그렇다면 이번엔 좀 구체적으로 들어가 보자. 문방구에서 가게 주인에게 연필 한 자루를 산 사람이 있다. 그 사람에게 물어 보자.

"방금 한 거래에 만족하십니까?"

그러면 대부분의 사람들은 "예. 그렇지요."라고 대답할 것이다. 같은 질문을 가게 주인에게 한다면 그도 똑같이 대답할 것이다. 연필 한 자루의 가격은 같은 종류라면 어디나 비슷하다. 만약 좀 비싸게 파는 집이 있더라도 그것은 문제가 안 된다. 안 사면 그만이니까. 그 역시 거래를 안 했으므로 손해 볼 거 없는 만족한 상태다. 만약 연필을 사는 사람이 급하게 필요했고, 그걸 눈치 챈 주인이 웃돈을 요구했다면 당연히 불만족하다는 대답이 나올 것이다. 어떤 경우든 앞의 두 경우와 비교해서 볼 때보다 분명한 답이 나온다. '행복'보다는 '안녕'이, '안녕'보다는 '만족'이 더 분명한 답을 얻는다. 셋 다 상태에 대한 질문이다.

그렇다면 같은 상태에서 다른 단어를 써서 질문하면 어떻게 될까? 연필이라는 구체적인 거래를 주고받은 사람에게 "행복하세요?"라고 물으면 뭐라고 대답할까? "아니, 뭐 이런 걸로 행복까지 하겠어요."가 일반적인 대답일 것이다. 이번엔 일반적인 인사치레로 "만족하세요?"라고 물으면 아마 십중팔구는 "뭐가요?"라고 되물을 것이 틀림없다. 그리고 길을 가는 아무나 붙잡고 "안녕하세요?"라고 물으면 뭐라고 할까? 질문을 받은 사람들은 '누구지?'라고 생각할 것이다. 혹은 공식적인 기관의 인터뷰라면 흔한 인사치레라고 여기며 다음 질문을 기다릴 것이다.

이 세 단어를 국어사전에서 찾아보면 이렇게 설명되어 있다.

만족(滿足):

1. 마음이 흡족함

2. 모자람이 없이 충분하고 넉넉함

안녕(安寧):

1. 아무 탈없이 편안함

행복(幸福):

1. 복된 좋은 운수

2. 생활에서 충분히 만족과 기쁨을 느끼는 흐뭇한 상태

자세히 보면 작은 차이들이 발견된다. '행복'은 인간의 의지보다는 어떤 큰 흐름에 의지한다는 뜻이 강하고, '안녕'은 탈이 없는 소극적인 상태다. 그리고 '만족'은 사람의 의지가 개입한 결과를 두고 하는 말이란 걸 알 수 있다. 그렇게 보면 '웰빙'이라는 말

은 행복보다는 만족에 훨씬 가까운 말이다. 종교학자 정진홍 교수에 의하면 이 '행복'이라는 단어는 과거에는 잘 쓰이지 않는 말이었다고 한다. 행복이란 단어는 중국어에서도 우리와 같은 의미보다는 '만족'이라는 뜻이고, 일본어 '幸せ'도 '만족'에 가깝다. 한자의 幸행은 죄인의 두 손목을 묶는 형구의 모양의 갑골문에서 나왔고 '형구에서 풀리니 다행하다'는 뜻으로 정착되었다. 그러나 중국과 일본에서는 이미 더 이상 원래 의미로 쓰이지 않고 만족하다는 의미로 널리 쓰이고 한국에서도 점점 넓은 의미로 '만족', '안녕'의 의미로 쓰이지만 아직까지는 원래 의미에 더 충실한 편이다. 행복은 차라리 영어의 럭키Lucky에 더 가깝다. 중영사전에도 행복은 해피니스Happiness, 해피Happy 혹은 웰페어Welfare, 웰빙Well-being의 뜻으로 쓰고 있다. 일본에서도 '幸せ'는 무로마치 시대에 '우연히 사람을 만나는 것'을 의미하다가 현재 만족한 상태를 나타내는 것으로 널리 쓰인다. 유독 한국에서만 '행복'은 자의 그대로 어떤 알지 못할 흐름에 의해 만들어지는 좋은 상태를 나타내고 있다. 그러니까 당연히 "행복하세요?"라는 물음에 한국인들은 쉽게 대답하지 못한다. 어제와 비슷한 일상에서 무슨 커다란 행운이 갑자기 하늘에서 떨어진 적은 없기 때문이다. 그러니까 엄밀히 말하면 '행복하냐?'라는 용법은 잘못된 것이다. 그것은 내가 만드는 게 아니라 바깥에서 주어지는 것이기 때문이다. 한국인들은 늘 행복이 찾아오길 바라면서, 바라는 일이 이미 이루어진 것처럼 말하는 덕담의 용례 덕

분에 문법에 맞지 않는 말을 어색하지 않게 쓴다. 그러나 언어는 변한다. 새롭게 꾸며지고, 의미도 바뀐다. 아직 행복을 웰빙의 의미로 쓰는 데 어색한 감이 있지만 이 글에서는 같은 의미로 쓰겠다.

웰빙은 '만족한 상태'를 뜻한다. 건강이든, 돈이든, 음식이든, 권력이든, 충족된 상태이다. 그 상태의 수준은 지극히 개인적이다. 1만 원의 행복이 100원의 행복보다 더 큰 것은 아니다. 어머니가 끓여 준 된장찌개를 먹는 행복이 싸구려 식당에서 먹는 된장찌개의 행복보다 더 큰 것도 아니다. 인간이 받는 심리적, 정신적 상처의 크기가 없듯이 행복의 크기도 없다. 그리고 웰빙은 그 모든 것이 통합된 상태의 만족만을 의미하지 않는다. 행복Well-being은 많은 경우, 부분의 상태를 의미한다. 아이를 잃은 어머니가 그 슬픔을 고스란히 안고 먹는, 누군가가 해 준 따뜻한 밥 한 끼에도 그 순간 행복을 느낄 수 있다. 물론 그 순간이 가면 그 어머니는 다시 아이를 잃은 슬픔에 잠기겠지만, 그것이 슬픔을 이기는 힘이 될 수도 있고, 순간에 느끼는 만족한 상태로서의 행복일 수 있다. 그래서 행복은 영원하지도 않고, 부분에 대한 만족이며, 그래서 충동의 대상들처럼 기관에서 기관으로 유전하는 궤적만이 존재한다. 그러나 중요한 것은 이 헛것이, 이 빈 집이, 빈 선반이, 빈 단어가 우리의 삶을 순간순간 일으키는 힘이라는 것이다.

그런데 지금 한국사회에 흐르는 웰빙은 텅 빈 집에서 떠돌기만 하고, 삶을 일으키는 힘으로 작동하지 못 한 채, 상업주의의 기표가 되고 있다. 웰빙은 상업주의의 욕망이 되어 개인의 욕망을 점령하고 있다. 타자의 욕망이 스스로의 욕망이 되어 버린 사람은 스스로의 삶을 일으키지 못한다. 그러나 자기의 욕망을 아는 사람은 스스로의 삶의 주인이 될 수 있다. 스스로의 삶의 주인이 되기 위해서 우리는 삶의 의미에 대해서, 그리고 살아 있음의 경험에 대해서 생각하지 않을 수 없다.

Why-being 있음의 의미에서 있다는 경험으로

어느 날 인드라는 자신이 아주 대단한 존재임을 느끼게 되었다. '나, 정말 대단하구나.'라고 생각한 인드라는 우주산으로 올라가 거기에다 대단한 자신의 위용에 걸맞은 궁전을 짓기로 했다. 신들의 궁전을 전문으로 짓는 목수가 오고, 화려하고 진기한 자재들이 속속 들어오면서 궁전은 날이 갈수록 그 위용을 더해 갔다. 그런데 인드라는 거기서 만족하지 못하고 점점 더 화려하고 위엄 있게 만들 것을 종용했다. 끝이 없는 인드라의 욕망에 지쳐버린 목수는 인드라에게 이렇게 하소연 했다.

"신이여, 우리는 모두 영생불사하는 존재입니다. 그러니 우리의 욕망도 불멸합니다. 그러니 신께서 자꾸 이러시면 저는 영원히 이 궁전을 짓고 있어야 합니다."

그러나 인드라는 목수의 말을 귀담아 듣지 않고 계속 궁전을 더 좋게, 더 위엄 있게 지을 것을 명령했다. 결국 목수는 창조신인 브라흐마를 찾아가 이 끝없는 욕망의 집짓기를 끝내기로 마음먹었다. 목수의 부탁을 받은 브라흐마는 걱정 말고 돌아가라고 목수를 타일렀다. 그 후 인드라의 앞에 어떤 어린 소년이 와서 말했다.

"내 듣자니 그대가 그대 앞에 있었던 어떤 인드라도 지은 적이 없는 화려한 궁전을 짓고 있다면서요?"

이 질문을 받은 인드라는 의아했다. 내 앞의 인드라라니? 나 말고 이전에 또 인드라가 있었단 말인가? 인드라는 소년에게 물었고, 소년은 웃으며 대답했다.

"물론이지요. 우주의 바다에서 자는 비쉬누의 배꼽 위에는 연꽃이 있고, 여기에는 브라흐마가 앉아 있지요. 브라흐마가 눈을 뜨면 세상이 존재하기 시작하고 인드라가 그 세상을 다스립니다. 그러다 브라흐마가 눈을 감으면 세상도 없어지고, 인드라도 없어집니다. 그러다 브라흐마가 눈을 뜨면 또 다른 세상이 시작하고, 또 다른 인드라가 나타나지요. 브라흐마의 수명은 43만 2,000년이요. 그 세월이 지나면 브라흐마도 사라지고 새로운 브라흐마가 나타납니다. 그도 역시 43만 2,000년을 살다 없어지지요. 그러니 아무리 지혜로운 자도 이제까지 오고 간 무수한 브라흐마의 수를 알지 못하고, 이제까지 오고 간 더 무수한 인드라의 수를 알지 못합니다."

그때 개미떼가 바닥을 기어가고 있었고, 그것을 본 소년은 희미하게 웃었다. 기가 완전히 꺾인 인드라는 곧 집 짓는 것을 포기했고, 목수는 실업자가 되었다.

그리고 인드라는 출가하여 수행자가 되기로 마음먹었다. 그런데 인드라의 마음을 알아 챈 인드라의 아내는 수행자가 되려는 인드라를 말리기 위해 신들을 섬기는 승려를 찾아가 인드라를 말려 달라고 애원했다. 승려는 곧 인드라 신을 찾아가 무릎을 꿇고 말했다.

"그대는 신들의 왕입니다. 그대는 이 시간의 무대에서 브라만의 신비를 드러내는 분입니다. 이것은 아무나 누리는 특권이 아닙니다. 그러니 이것을 영광으로 아시고 전생과 다름없이 사십시오. 그대와 그대의 아내는 사실은 하나인 둘입니다. 출가하기보다는 여기서 그 신비를 알게 되길 바랍니다."

인드라는 승려의 충고를 받아드려 요기가 되겠다는 생각을 버리고 브라만을 체현할 것을 결심한다.

『우파니샤드』에 나오는 이 이야기는 한꺼번에 너무 많은 것을 우리에게 던져준다. 첫째는 집짓기로 대표되는 욕망의 문제다. 둘째는 집짓기로 벌어지는 해프닝이 끝나면서 다시 생성되는 문제, 즉 그 후로 목수는 집을 짓지 못했다는 것이다. 인드라가 집짓기를 끝내는 것은 목수가 원하던 결말이었다. 그러나 결국 그는 자기가 원하는 일이 자기의 의무를 저버린 일이었다는 사실을 몰랐다. 그는 결국 타인의 욕망의 굴레에서 벗어나자마자 자신의 욕망에서도 내쳐진다. 셋째는 요기가 되는 일과 아내의 곁 사이에서 번민하는 인드라의 모습이다. 인드라는 비쉬누의 화신인 소년의 충고대로 스스로의 한계를 깨닫는다. 이 깨달음으로 그는 요기가 될 것을 결심하지만, 승려의 충고를 받아들인다. 결국 요기의 길이든 아니든 브라만을 체현하는 데에 있어 그 둘은 다를 게 없다는 것이다. 결국 인드라는 목수와 달리 이 시간의 무대에서 자신의 의무, 다르마를 계속 짊어지기로 한다. 그것은 이 영원한 시간 속에 놓인 바늘 끝만큼도 안 되는 스스로의 자리를 기꺼이 감내하겠다는 태도다. 그렇다고 목수가 계속 집을 지어야 했을까? 그것은 아닐 것이다. 이 이야기가 우리에게 전해 주는 의미는 아마 이것일 것이다. 여기에 왜 있을까? 하는, 의미를 찾기보다는 여기에 있다는 경험을 찾으라는 것.

웰빙Well-being은 그 상태의 경험을 찾는 것이다. 그러기 위해서는 우리는 목수이자 인드라가 되어야 한다. 와이빙Why-being은 필자의 조어이다. 내가 여기서 와이Why를 강조한 것은 목수이자 인드라가 되기 위해서다. 동시에 이 두 가지가 되기 위해서는 우리는 인드라의 고민을 거쳐야 한다. 유기농 채소를 먹는 게 웰빙은 아니다. 그것이 우리에게 어떤 만족을 주느냐가 더 중요하다. 만약 유기농 채소가 우리에게 어떤 만족도 주지 못한다면 그건 웰빙일 수가 없다. 사실 유기농 채소가 더 몸에 해롭다는 연구 결과도 있다.

스탠포드 대학교의 제임스 콜만 명예교수는 그의 저서 『내

추럴리 데인저러스(Naturally Dangerous)』에서 '유기농=청정'이라는 상식을 뒤집었다. 자연에서 재배하거나 유기농으로 기른 농산물이 농약을 쳐서 기른 농산물보다 안전하지 않다는 것이다. 자연농법으로 키운 식물일수록 천적을 물리치고 자기를 보호하기 위한 메커니즘을 작동시켜 스스로 천연 농약을 만든다는 것이다. 실제로 일부 과학자들은 천연 식물성 화학물질을 동물에게 다량 투여해 절반 이상이 발암물질인 걸 밝혔다. 농약을 전혀 쓰지 않는 천연 제품에도 천연 살충 물질이 들어 있다는 것은 충격이다. 콜만 교수는 미국인이 매일 자연식품을 통해 천연 살충제를 평균 1.5그램씩 섭취한다고 했는데, 이는 하루에 섭취하는 합성농약 잔류물의 1만 배 이상에 상당하는 양이다. 농약 잔류물 때문에 죽었다는 사람은 한 명도 보고된 적 없으나 음식을 통한 세균감염으로 죽는 사람은 질병 통제 센터에 매년 수백 명씩 보고된다는 것이다.

콜만 교수의 보고는 천연 식품에 대한 경고인 동시에 무분별하게 상업자본의 논리를 좇는 웰빙 행태에 대한 경고다. 이는 건축에서도 마찬가지다. 건축 자재에서 뿜어져 나오는 유독물질에 대한 경고는 얼마든지 강조해도 좋지만, 아무 근거 없이, 그리고 대안 없이, 천연자재의 사용을 권하고 있는 것은 문제다. 이미 근대 이후 산업 시스템이 굳어 버린 상태에서 천연 건축자재는 구축의 방법도 그렇고, 단열이나 에너지 효율 측면에서 적절한 보완책이 마련되어 있지 않다. 그러다 보니 구조적인 취약점이 드러나고, 건축공사비는 예상 외로 불어나게 마련이다. 더군다나 건축비를 순수하게 자기 비용으로 충당하는 예는 극히 드물다. 대부분 은행 대출을 끼고 이자를 내게 되는데, 천연 건축자재를 사용하는 집들은 추가 공사비가 여기저기서 발생하고, 그나마 제대로 문제를 해결하지 못하는 경우가 많다. 그래서 건축주는 어쩔 수 없이 선의의 피해자가 된다. 인드라의 집짓기에서도 볼 수 있듯이 집을 짓는 것은 오랜 꿈을 펼치는 것이다. 그 꿈 중에 하나는 친환경적인 집에서 살고 싶다는 것도 포함된다. 그런데 그 꿈이 오히려 스스로의 발목을 잡는 경우를 나는 허다하게 보아왔다. 여기서 '스스로'라는 것은 건축가와 건축주, 시공자 모두를 포함한다. 결국 건축주는 스스로의 꿈과 어긋나 버린 집을 부숴 버리고 싶은 지경에까지 이르고, 설사 완공되었다 하더라도 엄청난 이자에 시달리다가 결국에는 그토록 오래 꾸어왔던 꿈을 포기하고 팔아 버린다. 집을 짓는 일은 한두 해 계획해서 되는 일이 아니다. 그토록 오래 생각해온 계획이 불과 1년도 안 되는 공사 기간 중에 물거품이 되어 버리는 것이다. 이는 비단 천연 건축자재를 욕심내다 생기는 경우만은 아니다.

웰빙 식품, 웰빙 건축, 웰빙 병원, 웰빙 의류 등 이 모든 것에 붙은 웰빙이라는 수식어는 거짓이다. 그런 병원이나 건물이나 의류가 그렇다는 것이 아니다. 웰빙이라는 말이 수식어로 쓰이는 것이 그렇다는 말이다. 웰빙은 수식어가 될 수 없다. 웰빙은 상태이며 상태의 경험이다. 그리고 이 경험에 앞서 우리는 반드시 '왜?'라는 의문을 품어야 한다. 그 의문은 '이것이 나를 만족하게 하는가?'란 의문이다. 삶의 의미를 찾는 것이 아니라, 살아 있음의 경험을 찾는 것. '있음의 의미'를 찾는 게 아니라 '있다는 경험'을 찾는 것, 그것이 행복, 즉 만족이며, 웰빙이다.

그 경험을 통해 우리는 우리 생의 의무를 알 수 있고, 우리의 의무를 다하다 갈 수 있다. 인도의 신화는 이 의무에 대해 여러 번 강조한다. 왜냐하면 이 의무야말로 우리의 경험을 개인적인 것에서 사회적인 것으로, 공공적인 것으로 확장시키기 때문이다.

Publicness 같이 있기

현재까지도 인도의 지식인들에게 가장 큰 영향을 주었다는 인도의 서사시 「바가바드기타」에는 형제간의 전쟁 이야기가 나온다. 아리안족 내의 빤다바 형제들과 까우라바 형제들은 사촌이다. 이들이 인도 대륙을 놓고 결전을 치르기로 한 전날의 이야기가 이 서사시의 내용이다. 결전을 앞둔 날 빤다바 형제의 막내인 아르주나는 과연 사촌형제들과 피를 흘리며 싸우는 게 옳은 것인가를 두고 고민한다. 전쟁을 하면 형제들끼리 죽이는 비극이 벌어질 것이고, 싸우지 않으면 크샤트리아 계급의 의무를 저버리게 되는 것이다. 그때 크리슈나가 아르주나의 앞에 마부의 모습으로 나타나 가르침을 준다. '나가서 형제들을 죽여라. 그것이 너의 의무다.' 이것이 크리슈나의 가르침이었다.

이 카르마요가는 인도의 카스트 제도를 받치고 있는 사상적 배경이다. 사회, 정치적 제도의 안정성을 주어진 의무로부터 한 발짝도 내딛지 못하게 하면서 유지하기 위한 인도 특유의 사고이다. 이것을 하층민의 계급 동요를 막기 위한 종교적 술책으로 보는 견해도 있다.

그러나 민주주의도 역시 같은 위험성이 존재한다. 언제나 소수의견이 무시된다는 치명적 약점이 있고, 포퓰리즘으로 흐를 수 있는 단점도 있다. 교육 받은 귀족들이 정치를 해야 한다는 플라톤의 주장은 실제로 미국 건국의 아버지들에게 심대한 영향을 주었고, 직접선거가 아닌 선거인단에 의해 대통령을 선출하는 방식을 지금도 미국은 고수하고 있다. 엘리티즘은 인도의 카스트 제도에도 있지만 민주주의에도 있다. 사실 인간의 타고난 의무를 중시하는 인도의 카르마요가에서 카스트 제도만 빼면 타고난 의무는 개인의 타고난 본성을 지각하는 일이며, 그것은 '개인의 만족=행복'과도 연결될 수 있다. 사회적 제도나 종교적 규율에 얽매여 개인의 자유를 그것에 옭아매는 것은 옳지 않다. 그러나 그런 사회적 제도나 종교적 규율이 아닌 본성에 대한 자각, 나에 대한 존중으로 이어진다면 그리 도리질치며 거부할 것도 못 된다. 인도의 솥뚜껑이 단지 너무 완고할 뿐이다. 사상의 자라를 보고 놀랄 필요는 없다는 얘기다.

그런 의미에서 나는 웰빙의 공공성에 대해 논의해야 한다고 생각한다. 왜냐하면 '웰빙=만족'은 사회적 의미가 덧씌워지지 않으면 개인이 자신의 쾌락에만 빠질 위험이 있기 때문이다. 그래서 나는 웰빙과 공공성이라는 문제에서 다시 개인과 사회의 만족을 생각해 보려고 한다. 여기서 내가 말하는 사회는 전체주의적 개념의 '사회'가 아니라 '공공성'을 더 강조한 말이라는 것을 먼저 밝혀둔다. '의무'는 '사회적인 것'에서 가 아니라 '공공의 공간'에서 이루어져야 그것이 카스트 제도처럼 개인에 대한 억압으로 작용하지 않고, 개인의 쾌락으로 빠지는 것도 막을 수 있기 때문이다. 한나 아렌트는 그의 저서 『인간의 조건(The Human Condition)』에서 다음과 같이 말한다.

> 결정적으로 중요한 사실은 사회가 모든 발전 단계에서 행위의 가능성을 배제한다는 것 (중략) 그 대신에 사회는 수많은 다양한 규칙들을 부과함으로써 각 구성원으로부터 일정한 행동을 기대한다. 이것들 모두는 구성원을 '정상화Normalize' 시켜 행동하도록 하는 경향성을 가지며 자발적인 행위나 탁월한 업적을 배제하는 경향을 가진다.

다시 말해서 '사회적인 것'은 '행위'를 대신해서 '행동'이 사람들에게 '정상적인' 활동 양식이 되는 영역이라는 것인데, 여기서 그럼 '행위'와 '행동'에 대해 일단 짚고 넘어가자. 먼저 '행동'이라는 것은 규칙을 재생산하거나 강화해서 정상적인 규범을 움직일 수 없는 것으로 만드는 활동 양식이다. 그리고 '행위'는 나와 다른 사람들과의 관계를 맺는 활동이며, 모든 제한들을 개방시키고 모든 경계를 횡단하려는 내적 경향을 가지는 것이다. 특히 행위는 서로가 의견을 나누고 서로의 존재를 인식하는 공동의 삶이며, 이것이 바로 정치이다. 그렇다면 우리는 여기서 '행위'는 공공의 공간에서 작용하는 활동 양식이며, '행동'은 공공성이 배제된 사회 안의 규범 속에서 작용하는 활동 양식이라고 정리 할 수 있을 것이다. 그러면 '사회적인 것'과 '공공성'은 서로 갈리는 것이 된다는 말이다. 공공성은 과연 무엇인가? 아렌트가 '사회적인 것'의 지배로부터 구해내려고 했던 '공공적 공간'은 무엇이고, 왜 이런 구분 하에서 웰빙은 공공적 공간 속에 포함되어야 하는지 밝혀 보겠다.

공공성이라는 개념은 20세기 중반까지는 부정적인 것으로 인식되었다. 그것은 획일적인 것이었고, 개인의 얼굴이 서로에 의해 뭉개진 공간이었다. 더욱이 20세기 초의 전체주의와 전쟁을 겪으면서 공공성은 무시무시한 것이 되어갔다. 그러던 것이 긍정적인 것으로 여겨지기 시작한 것은 한나 아렌트와 위르겐 하버마스에 의해서일 것이다. 전체주의를 겪고 난 다음 정치적인 것에서 풀

려난 공공성이 이제는 오히려 전체주의를 경계하는 항체로서 중요하게 여겨지게 된 것이다.

'공공적Public'이라는 용어는 '공개성Publicity'을 가진다는 것을 의미한다. 이것은 공공적이라는 용어의 공간적인 특성이다. 그리고 또 '공공적'이라는 말에는 그 공간에 있는 개인이 존재한다. 정확히 말하자면 개인과 개인의 관계가 이루어진다는 말이다. 나는 이 '공공적'이라는 용어를 '공공적 공간'과 '공공적 관계'라는 두 가지로 분리한다. 이것을 '현상의 공간'과 '세계'로 관련지어 설명했던 아렌트의 말을 그대로 인용하겠다.

> 현상의 공간은 사람이 함께 모이는 곳에는 어디나 잠재적으로 존재한다. 그러나 그것은 어디까지나 잠재적인 것이고, 필연적인 것도 아니고 영원한 것도 아니다.

여기서 '잠재적'이라는 말이 좀 문제가 되긴 하는데, 그것은 어떤 공간이든지 공공적 공간으로 바뀔 수 있는 가능성이 있다는 말로 이해해야 한다. 사실 광화문 앞의 세종로는 그 기능이 도로다. 그러나 거기서 집회나 시위가 벌어질 때 세종로는 공공적 공간의 성격을 띤다. 그렇다고 도로의 본래 기능이 없어지는 것도 아니다. 아렌트가 말한 '잠재적'이라는 말은 모든 공간이 그렇게 될 가능성이 있다는 의미이다. 이것은 공간의 특성상 얼마든지 가능한 일이다. 공간은 특정한 장소성을 가지기 위해서는 거기에 어떤 상징을 부여해야만 한다. 물리적인 행위가 일어나야 하는 것은 아니다. 반대로 어떤 특정한 장소에 그 기능을 배제하는 것 역시 물리적인 행위를 동반하는 것이 아니며 그저 상징만 배제하면 된다. 공간은 언제든, 무엇이든 될 수 있다. 공공적 공간은 그래서 잠재적이고, 한시적이며, 유동적이다. 극단적으로는, 모든 공간이 공공적 공간일 수도 있으므로 공공적 공간은 어디에도 없을 수 있다.

그리고 두 번째는 이 공공적 공간에서 일어나는 개인과 개인의 관계이다. 아렌트는 이것을 '세계'라고 불렀는데, 사실 철학적 논리보다는 개인적인 괴로움이 느껴진다.

> 모든 사람은 행위할 수 있고, 말할 수 있다. 그럼에도 불구하고 대부분의 사람들은 현상의 공간 안에서 살고 있지 않다.

아렌트는 '현상의 공간'과 '세계'를 공공적이라는 용어를 의미하는, 서로 밀접하게 관련되어 있으나 완전히 일치하지 않는 두 현상으로 본다. 그리고 이렇게 개인을 호출한다.

> 아무개가 어떤 사람인가 하는 그의 속성, 즉 그가 드러내거나 감출 수 있는 그의 특성, 재능, 능력, 결점과

> 는 달리 아무개가 도대체 누구인가 하는 그의 인격은 그가 말하고 행위하는 모든 것을 통해 드러난다. 완전한 침묵과 수동성에서만 인격은 은폐될 수 있다. (중략) 반대로 타인에게 분명하고 착오 없이 나타나는 인격이 자신에게는 은폐되기 쉽다. 이것은 마치 한 사람을 일생 동안 동행하는 그리스 종교의 다이몬처럼 뒤에서 어깨 너머로 바라보기 때문에 각자가 조우하는 사람들만 볼 수 있는 것과 같은 것이다.

과연 우리는 공공적 공간에서 서로 소통하는 것이 가능할까? 꼭 그래야만 하는 것일까? 공공적 공간이 공통 의사의 형성 공간일 필요가 있을까? 개인의 만족은 이 공공성 앞에서 무엇과 조우하게 될까? 우리는 이 질문에 답하기 위해 다시 '행동'과 '행위'의 정의로 옮겨가야 한다.

'행위'는 관계 맺기이며 모든 경계를 횡단한다. 그것은 공통된 의사 결정이 아니라 의견을 나누는 행위이다. 우리는 이 의사 결정에 참여함으로써 나를 드러내는 것이 아니라 무엇을 드러내고자 하는 나를 경험할 수 있다. 결과에 상관없이 이 행위에 참여하는 경험이 공공적 공간에서의 개인의 만족을 충족시킨다. 그리고 그 만족은 '모든 사회구성원을 정상화시키려는' 어떤 야심의 대립항으로 영원히 남을 것이다.

행복의 조건들

머나먼 옛날, 새들의 왕인 시무르그는 찬란한 깃털 하나를 중국 한가운데에 떨어뜨렸다. 현재의 무질서에 지친 새들은 모두 이 깃털 하나를 단서로 왕을 찾아 나서기로 했다. 처음에 몇몇 새들은 몹시 두려워했다. 그러나 마침내 몇몇의 새들이 어려운 모험을 실행에 옮겼고, 그들은 일곱 개의 언덕과 바다를 건넜다. 대부분의 순례자들이 중도에서 포기했거나 가는 도중에 죽고 말았다. 그러나 최후까지 고난을 이겨낸 30마리의 새들은 마침내 시무르그의 산에 도착할 수 있었다. 그리고 거기에서 그들은 자신이 바로 새들의 왕 시무르그라는 것을 알았다. 따라서 '시무르그'는 페르시아어로 '30마리의 새'라는 뜻이며, 동시에 바로 이러한 고난을 이긴 새를 의미하는 한편으로는 이들 전체를 의미하기도 한다.

만족한다는 것은 한계를 미리 정해 놓고 거기에서 안주하는 것이 아니다. 만족한다는 것은 모든 가능성을 다 뒤져보았다는 것이다. 만약 행복이 외부에서 오는 것이라면 우리는 무수한 언덕과 무수한 바다를 건너다 끝끝내 어딘지 모르는 거기에 닿지도 못한 채 죽고 말 것이다. 욕망은 불멸의 신들에게만 끝없는 것이 아니라 욕망의 속성이 끝없기 때문이다. 그러나 다행히 행복은 내부의 만족이며, 파랑새는 언제나 집 안에 있다. 그러나 또한 집 안에서만 찾을 수 없는 것이 파랑새이고, 행복은 바깥으로 우리의 경험을 이

끈 다음에야 파랑새를 보여준다. 아니, 이제는 이런 파랑새라는 상징도 필요 없이 구체적으로 행복을 말하는 습관을 들여야 한다. 김이 모락모락 나는 밥, 잘 구워진 고등어, 아삭아삭한 김치, 아름다운 음악, 입에 발린 혐의가 짙음에도 듣고 싶은 칭찬 한 마디, 붉게 타는 가을 산, 거리의 가로수들, 길을 가다 문득 맡아지는 추억의 냄새, 어떤 때는 거름 냄새, 이런 것들이 우리를 행복하게 한다.

이것들이 명품이라서? 그건 아니다. 아주 평범한 것, 그것들에게 감동할 줄 아는 삶의 경험을 찾았기 때문일 것이다. 그래서 만족은 꼭 기쁨으로 오지는 않는다. 어쩌면 그것은 짙은 슬픔으로 우리를 집어넣을지도 모른다. 거기서 우리가 무엇을 경험하는지에 따라 나는 내 것이 아닌 게 어떤 것인 줄도 알게 될 것이다. 내 것이 아닌 것이 나를 행복하게 할 리가 없다.

나의 욕망은 타자의 욕망이 아니라 나의 경험을 이끄는 욕망이 되어야 한다. 보라! 저기, 거대한 시무르그의 새들이 바다를 건너고 있지 않은가? 그리고 저기, 땅바닥에서 뒹굴고 있는 영광의 얼굴이 있다.

당신을 위해 지은 집

주소 서울시 마포구 서교동 396-47 2층
전화 (02) 322-3164~5 팩스 (02) 322-3166 | 마음의숲 카페 cafe.naver.com/lmindbookl

마음의숲